真故

所言非虚

真实故事计划　主编

百花洲文艺出版社
BAIHUAZHOU LITERATURE AND ART PRESS

图书在版编目（CIP）数据

所言非虚／真实故事计划主编. — 南昌：百花洲
文艺出版社，2019.4
　ISBN 978-7-5500-2408-3

　Ⅰ.①所… Ⅱ.①真… Ⅲ.①故事－作品集－中国－
当代 Ⅳ.①I247.81

中国版本图书馆CIP数据核字（2019）第032589号

所言非虚
SUO YAN FEI XU

真实故事计划　主编

出 版 人	姚雪雪
选题策划	程　玥
责任编辑	游灵通　袁　蓉
书籍设计	赵　霞
制　　作	黄敏俊
出版发行	百花洲文艺出版社
社　　址	南昌市红谷滩世贸路898号博能中心一期A座20楼
邮　　编	330038
经　　销	全国新华书店
印　　刷	江西千叶彩印有限公司
开　　本	720mm×1000mm 1/32　印张 7.5
版　　次	2019年5月第1版第1次印刷
字　　数	180千字
书　　号	978-7-5500-2408-3
定　　价	36.00元

赣版权登字　05-2019-36
邮购联系　0791-86895108
网　　址 http://www.bhzwy.com
图书若有印装错误，影响阅读，可向承印厂联系调换。

序

袁 凌

非虚构在中国的地位并未确定。

它在新闻、故事和文学的三角地逡巡，寻找自己的位置。它也回眸打量自己，审慎又不乏勇气地前行。不论如何，它不再是地平线上一个虚幻的影子，已经获得了自己可靠的身体，和内心的力量。

这本集子里的参赛稿件，是打造这副身体的一份努力。它们显示出一些特征，可以借此勾勒未来非虚构成长的轮廓。

它们不再是新闻的附庸，也不止步于故事。作者们既非专业的媒体记者，也不是作协体制内的成员。它们对文学性的审慎趋近，不是借助特稿的标签，抑或想象力的名义，而是诉诸经验和语言。从对文学的意义上来说，中国本土的非虚构写作甚至超越了"非虚构"概念舶来前的意义，它不是"新"新闻，也不是新闻和文学的嫁接。它拥有的是一种实质的文学性，而非外在的缘饰。

不论是举办这次比赛的"真实故事计划"，还是参赛的写作者，他们眼下能够立足的位置，是自我寻求到的。身份的不确定性和"非虚构"的限界，给写作带来了某种自由与伦理的张力，每个作者都不得不脱离自我认知与想象的圈子，抵达他人去获取经验，培育共情能力，完成对存在和人性的体验传达。从写作的伦理维度上说，非虚构寻求的是一种更为克制的文学性，是在虚构之外能够成立的文学性。

而写作自由与伦理之间的张力感，在职业虚构作者那里几乎消失了，他们因为拥有虚构的完全自由而同时失去了它，在追求好看、传奇、圆熟时成为故事套路和自身经验限制的奴隶。

本书中故事的题材极度多样，但并非采风式地展示丰富，每件作品都显示出各自内在的动力，或是对生活形态的好奇，或是对人性的共情，或是对现实的关切，或是对思辨的领会。这已经远远脱离了新闻时效的动机，也不是对故事的单纯追猎。

传统文学中的"故事"是假事，非虚构的"故事"是真事。本书中"飞越疯人院"的"病人"、一个人与遍布的地雷抗争的边民、爱情失败的盲人伴侣、以智慧和心力教授哲学课的"持灯者"，以至4S店里的汽修工人，他们不再是传统文学中的现实典型或想象材料，而是这些故事的主人，连带着他们生活的场域、职业的要求、日常的习惯、人性的沟回、语言的风俗，既可靠又令人回味无穷。

这些细节的汇聚，提供了比单纯的想象更为丰富的感受空间，具有无限的可能性，构成了文学性的来源，并不比虚构来得逊色。

由于力图在伦理约束下抵达经验和人性，本书写作者们的语言虽然不乏青涩，却大体具有素朴诚挚的本性，体现出某种凝练感，摆脱了鸡汤、废话、做作和影视剧式的拖沓。

当然，这本集子里的作品只是个开端。作者们还有待于超越单个的故事，对笔下的人和人群有长期、内化的关注，形成系列的故事，或是深度的样本开掘，为非虚构写作夯实根基。

更进一步，非虚构写作带来的语言、经验的可靠质地，有天或许能超出它自身，和想象力化合，打破虚构与非虚构的界限，重塑中国文学的根基。我相信，在中国非虚构拥有超出它自身的使命。

（作者为"真实故事计划"总主笔、著名非虚构文学作家）

目录
CONTENTS

地雷村：一个人的拆弹部队

杨祎铭

一

王开学选择凌晨出门，这时妻子还未睡醒，他免去了对她的一番交代。眼下在做的事情，谁也不能告诉。

路程接近40分钟，到达终点时，天已微微亮起，一座座山从黑暗中显出形状。他爬至山腰，开始一天的工作。

1970年，他出生在云南省边境的这座村落——八里河。村子倚在山脚，山那头就是越南。1979年，这片土地在一夜之间沦为战场，眼下战争结束快40年，它却没能从战场回归一个平常村落。没人能说清楚当初部队在村子地底下埋下了多少枚地雷，如今又剩下多少。它们潜伏着，在某一个瞬间炸响，吞掉一个人，或是一条腿。

在大雨的冲刷下，有些地雷从地下冒了出来。王开学捡上一两枚，小心翼翼地捧到山间的空地上。他像块岩石一样蹲坐在地，死死盯住一枚地雷。不出声，也不动手，整整一年，他就这样和地雷无言地较量着。他计划好了，这一年用来钻研，一年之后，他要将这些地雷一个接一个地拆卸销毁，然后，他要在这片地雷地里，想种什么就种什么。

他把地雷看作武侠片当中的暗器机关：内部结构环环相扣，一触即发。他相信只要清楚地雷的运作，并设法阻止其中一环，它就是一块笨重的铁。

　　这是1990年的一天，必须要动手了。"如果不将这地雷大卸八块，那就算不上是知根知底。"他挑了一个小尺寸地雷下手，可还是害怕，手抖得厉害。往日沉默较劲时的气势不复存在，他意识到，就算对手"像街上卖的贝壳，还是最小的那种"，这也是一场实力悬殊的战斗。

　　他给自己打气，说死在这里没关系。这块地里，"有俄罗斯产的地雷，有美国产的地雷，还有越南产的'棺材地雷''橡皮球地雷'"，死在这里，他输得并不难看。后来他试图逼迫自己，在心里念道："这一次不去碰，那以后一辈子都别想再去碰。"太阳偏西，他在那山头抽掉5根烟后，闭着眼睛把手伸了出去。

　　"你慢慢转动里面的爆炸装置，你必须要拆开，你取出那个雷管，你不要压到正面，你压力一够，它弹簧一跳动，就爆了。"就这样，王开学拆开了他人生中的第一颗地雷。他记得，拆雷过程中有一只恼人的鸟，叫声很大，把他吓得惊起。

二

　　王开学的父亲，是村子里第一个踩到地雷的人，那时是1981年。

　　那天他正在上课，一个长辈冲进教室，抱住他的头哭起来。哭泣中，她断断续续地说："你的父亲被地雷炸了。"

　　父亲的尸体被民兵队拉到离家几十米远的空地上，四周站满背着真枪实弹的士兵。从学校回来后，他急切地挤进去看。父亲的两条腿不见了，身体剩下80公分，胸口开裂，内脏裸露在外，泥土和蚂蚁纷纷往里涌。后来父亲下葬，他去山上企图找回那两条腿，只看见"肉末像葵花籽儿一样沾在树叶上"。

不久后母亲改嫁。作为家中老大，11岁的王开学辍学回家，弟弟妹妹尚小，他得操持一切。家里的田地被叔叔抢走多半，而剩下的地，几个孩子不懂耕种，基本闲置下来。很长一段时间，他靠要饭养活自己和弟弟妹妹。

相似的事情太多了。1985年，他和堂叔王和光在地里砍树做栅栏，想拦住吃苞谷的牛。那天天气晴好，王和光到今天也想不明白，他上战场4年，扛枪背弹，"炮弹怎么炸都没受伤，怎么平安回来后才7天就没了脚"。那是一枚绊雷，他当兵时学过，一眼就认得。

爆炸声一响起，王开学立马跑开，以为是潜入境内的特务抓俘虏，心里害怕。王和光的脚后跟被炸飞，整个脚板弯曲变形，他先是跳着走，后又跪着走，硬是走了有100米远。他朝前喊话："不是特务，是地雷，我踩着地雷了。"王开学听见后折回来，背起王和光往驻扎部队的卫生院走，血顺着他身上往下淌，以致没有发觉炮弹碎片在他大腿上开了个口子，也在流血。

在卫生院，刚刚在河里洗澡的医生，穿着条短裤给王和光做了手术。一个士兵当场抽了两大瓶血，救了王和光的命。简陋的手术间外，王开学透过窗帘缝看见，王和光的腿皮"像卷裤腿"般被卷起，一个人拿着钢钳扯动骨头，随后用刀子锯断，立马扔到一边的桶子里。他想吐，但忍住了。

近40年后，王开学在回忆时说："跟我一块长大的没几个了。"有时他会碎碎地抱怨几句："不是它，我本应上个高中。"有时他又咬牙切齿地表达恨意："我不相信这地雷是天上掉下来的，它一定有构造，一定可以被弄懂。"

王开学长大到可以耕地的时候，家中剩下的田地派上了用场，他不再去低声下气地讨饭了。可他的叔叔仍然试图夺走这最后一小块田地。在一个夏天，王开学带着弟弟妹妹准备下田插秧，去到地头却发现叔叔一家早已在田里插满了稻秧。他的弟弟当下就急了，操起锄头要打人，王开学拦下，只骂了几句，转身回了家。他还是选择忍耐。

回到家，他决定无论如何要开垦出一块地。"很大的地，不仅我自己种，那些没有地的人都来种"。

可环顾四周，哪里还有地。他只能上山，往地雷地去。

三

在"地雷村"里，人们总做相似的噩梦。

有人梦见一具残缺的尸体，有人梦见密密麻麻、将要把人淹没的地雷。有人起初以为是个好梦，梦里，他愉悦地阔步走着，什么坏事也没发生，可醒来后，看见自己少了一截的腿，反应过来，这就是一个噩梦。

对于自己地雷造就的人生，他们没办法恨，没办法怪，只能认。就像王和光说的那样："我恨战争，可恨它有什么用？"

已经54岁的王和光常说起"痛苦"二字，这几乎成了他的口头禅。他有时望向远方，不知道在想什么，回过神来，会吐出一句"痛苦啊"。有时，他说完就笑，似乎有些不好意思。

现今他和妻子两人住在一间土砖房里。王和光修路挣到了钱，才将草顶改成瓦顶。平日里，两人靠着边民出入边境的便利，替一些做口岸贸易的老板将货从越南搬来中国。收入不多，大多数时候700—800元钱，有时也能有1500元钱，但那是王和光口中"机会好的时候"。

王和光不时跟人讲起右腿截肢后的日子。那时战争还未结束，炮弹响起来的时候，全村人要躲去附近的山洞。说跑就跑，可他跑不了，挂着两根拐杖，远远落在别人后面。这让他觉得自己没用。

1986年的一天早上，天还没亮，王和光悄无声息地离开了这个村子。从船头坐车，过文山市，坐到平远街。整整四年的时间，他去了大理、昆明、贵州等好几个地方。

后来是母亲把他抓了回来。在一辆公交车上，母亲用手拽住他，怎么也不松开。王和光起初以为是小偷，回过头发现是自己母亲，眼泪立马涌了上来。跟着回到家，他抱着母亲彻彻底底哭了一场，之后他再没有离开过村子。一年后，母亲在干活中被地雷炸伤眼睛，视力一天比一天差，最后，母亲看不见他了。

"痛苦啊。"他又是这样说。

有人问他："要不像王开学那样也去山上开块地？"他迟疑一会儿，给出了那个村里多数人的答案：太冒险了。少了一截的腿被肉色棉布裹得紧紧的，搭在他自己身上，假肢被丢在一边，空气中飘浮着阵阵汗臭。

王开学是个异类，尽管他也做过那个噩梦。梦里，他吃完早饭，出发去山上打柴火。没走多远，只听砰的一声，他感觉眼珠从眼眶里跳了出去。一阵猛喊猛叫之后，他突然醒了。

身边的妻子见他满头大汗，迷糊地问："叫什么东西啊？"

他镇定了好一会儿，才回答："梦见鬼了。"

四

　　王开学成功拆卸了7种类型的地雷后，开始正式开地。先用除草剂将草清除，有时一把火烧干净，接着用锄头试探着翻开地，遇见雷了，拿出镰刀和铁丝，调用此前的经验，该怎么拆怎么拆。他不断提醒自己，一寸土地都不能放过。一天的地毯式排雷下来，他能排个两三分地。休息的时候，站在"干净的土地"上，他想，不管其他人怎么说，我这样做是对的。

　　有过一次，他差点彻底在对手面前败下阵来。那天，他照常用锄头翻地，没注意，牵动了三颗加重手榴弹的拉环，地里立马冒起白烟。他把锄头扔开往坡下滚，滚了七八米远，耳边响起炮声——"感觉有两股很强的风吹进你的耳朵"。被炸起来的泥土覆盖在他的身上。好不容易站起来后，他立即往身上摸，第一遍没摸到血，他不相信，于是又摸一遍。确认真的没事后足足半个小时，他做不了任何事情。半个小时后，他开始继续排雷。

　　只有在为数不多的几种情况下，王开学会选择停下。原因出自一个故事。故事说村里某人出门砍柴，路中遇见了一条头抬高的蛇，这人大意，拿起镰刀将蛇给打死，那天他踩上地雷，惨死。他尤其在意这些东西。若是晚上做了一个不好的梦、妻子临时说了一句不好的话、路中遇见一只不叫的鸟，他会立马打住，当天什么也不干。这些年来他真的没受过什么伤，于是更相信这一套是灵验的。

　　每年年尾，王开学从地里排出并拆卸的地雷能装满3个背篓，多的时候要装5个背篓，每个背篓装400颗左右。他会在空地里挖一个大坑，将绿皮的废雷通通倒入坑内。拆出的雷管被他装到一个塑料袋子里，裹成一团，之后再包上两层生芭蕉叶。他点燃芭蕉叶，投掷到坑里，人立马走远，待到芭蕉叶里的雷管受热引爆，眨眼的工夫，一个坑的地雷都炸响了。声响巨大，"泥土冲到半天高"。

他就站立在半山，远远张望着，衣型阔大，像一面不败的旗。

五

妻子项成英此前一直不知道王开学上山是去排雷。她只被告知是在开荒，心里以为就是寻常的开荒——除草，翻地，牵牛犁田。

曾有一次她起过疑心，她问丈夫："怎么你开荒开到现在，还不见叫人去种地？"丈夫回她，还差着点，开好了就去种。

后来还是丈夫主动坦白。王开学把项成英带到地里，也不多解释，直接看。往日里，她听过地雷响，见过炸伤的人，心里有过恨意。然而她却从未见过真正的地雷。以至于当天见到两颗地雷孤零零横在地里时，她第一个念头是要伸手去碰。王开学立马喊叫着制止她，开始一通解释。曾经笼罩在心头的野鬼般的东西一下子有了实体，她先是害怕，然后哭得站不起来，最后开始生气。之后好几天，天一黑，她不见丈夫回来，便立马去到路口张望——她放心不下。

项成英的亲兄弟曾因炮弹丧命，她至今越不过这个坎，觉得只有地雷吃人，人怎么可能战胜地雷。

夫妻俩的儿子王德华年幼时贪玩，从打靶场捡来一颗子弹，回到家里屋檐下，用棍棒对着一顿敲击，子弹爆开，碎片飞进了他的眼睛。好在那时一个上海的医生刚刚到了连队卫生院，凭借精湛技艺取出了碎片，而非挖掉整只眼珠。如今若不仔细看，王德华的右眼与常人并无二样，只是那颗失去作用的眼珠有时不随视线游动，看起来手足无措。

或许是年幼的原因，王德华没为此事困扰，一段时间后，他照常上学，照常在学校欺负人。但此事极大地刺激了项成英，她急切地想让丈夫立刻停止上山排雷。

"你再去，就一家人都变成那个样。"说完她望向儿子。王德华说，她是这个家里最怕地雷的人。但无论父亲，还是哥哥，都认为最反对的人其实是王德华。他们猜，原因是那只残废的眼睛。

起初，王德华以为父亲排雷开地无非是为了生计的无奈之举，可眼下地早已足够，他仍在极力扩大那块地的边界，着了魔一般。王德华无法理解。

王德华小时候，父亲为了不让他上山，不厌其烦地向他强调山上地雷的危险。有时甚至编撰故事，他指着部队立下的刻有骷髅头像的雷区警示碑告诉他："山上尽是骷髅头，你千万别去。"现今，王德华将那些话悉数又还给父亲："地雷太多了，太危险，开的地够用了，你还想干吗？"

长大后，王德华去福建打工。有天工作的间隙，他拿出手机，看到腾讯新闻的记者去到自己家，父亲竟有几分炫耀地为他们展示拆雷。

下班后，他立马就打电话到家里。他问父亲："怎么又在排雷？"面对这样的问题，王开学会给一个顺心的回答："只是拆一下，没什么事，之后就不去了。"王德华知道是搪塞。太多次了，父亲这样答应他，可过不了多久，他会看到开出来的地又多了一块。

六

2009年，王开学开垦了快有100亩地。

项目在那一年找上门来，打的是政府旗号。相关负责人亲自上门进行解释，说："像当地这种气候，没有比种咖啡更好的事情了。"那人保证，村民种下咖啡，收成时市场收价绝不低于2.5元钱一斤。王开学甚至一度被拉到西双版纳，参观了好几个雀巢公司置办的咖啡种植园。回来后，他觉得可行。80亩的土地，他全种上了咖啡。

两年后，王开学的田地里红成一片，咖啡树棵棵挂果。事到如今，回忆时，他都不忘强调，"在所有种咖啡的农户里，没有谁的咖啡有我的漂亮"。但是，承诺的收购价格却从2.5元钱一斤变成了1.2元钱一斤，其中还分等级，被划定为次等的咖啡市场价只有0.5元钱一斤。王开学去到项目公司，得回来的说法是："全世界都在跌价，咖啡出口大国巴西现在也卖不出去了。"一些农户立马将咖啡树毁了，觉得拿出去贱卖反倒更生气。

王开学下不了决心毁掉咖啡树。家人劝过好几次，但他总想再等等，指望着来年价格涨上去。又过了两年，咖啡价格还是没涨起来，王开学亏损12万元钱。在一个下午，他望着那连成片的咖啡树，转身对身边正在种玉米的家人说，砍了吧。之后整整两个星期，他带着一家人几乎不停歇地砍，没砍下来，又花4000元钱雇人来砍，最终80亩的咖啡树化为乌有。唯有一株被他执意留了下来，种在家门前，结果的时候，红得刺眼。

起初，他因生活所迫，带着一腔不忿上山，来到这块地里。可不知是从什么时候开始，或许是看到同村人眼红他地多，心里觉得扬眉吐气的时候，又或许是从一家接着一家的媒体前来采访，他重复地讲解与展示排雷，连普通话都跟着变好的时候，他意识到，这块地可能不仅是维系一份生活那样简单。

自那之后，100亩、200亩、300亩，任谁阻拦他也不听，开垦了一块堪称巨大的土地。王开学回忆，二十几年的时间里，至少排掉了14000多枚地雷。他在这块地里看到了自己的命。

王开学曾心心念念一个成功，企图用这个成功证明自己的抉择是正确的，但他失败了。儿子王德华回忆，那段日子，王开学几乎天天都要跑到咖啡地里，来回地走，来回地看，有时候甚至直接睡在那边。

后来，他就不种短期的经济作物了。他开始种树，至少要长20年的树。

最开始也不顺利，总有树死。虫子太可恨了，蜂拥地钻进一棵树里，一声不响就将树给蚕食了。他对此无可奈何，只能将树砍掉，在原地重新补种。有时他一眼望过去，看到那棵又小又细、和四周不相适应的补种树苗，像在心里发现了一个窟窿，伤心起来。"总是不是滋味。"他说。

这样不厌其烦地种树，种了有十几年，王开学的地上逐渐有了一片林子。按他自己的说法，是一片"森林"。

像以前没完没了跑去咖啡地里一样，如今他又没完没了地跑去他的"森林"。有时他在树底下坐着，看绿荫颤动；有时他直接爬到树上，点上几根烟，远处的澳洲坚果树已经挂果，风一吹，铃铛般响。他心里爽快。

七

2011年春节，儿子王德华没有回家过年。他和几个老乡聚在一间出租屋里，做一些菜，就这样过了年。这期间王开学几乎每天都打来一个电话。

王开学问："有没有吃饭？"

儿子说："吃过了。"

王开学说："别乱喝酒。"

儿子说："好。"

在沿海地区打工好几年，回到家，王德华得出一个结论：在他出生的地方，危险是地雷；而在他去往的那些大城市，危险还在，是另一种类型的"地雷"。这些年，他趴在高楼大厦的外墙上贴过大理石，也在烈日底下铺过沥青，见过太多老板，受过太多欺负。

"林子大了什么鸟都有。"他这样感叹道。

后来，他谈了恋爱。偶然的机会，他将女朋友带往山上的地里。女朋友没留心，对他说："你们家怎么就这么点地呀？"

王德华笑着说："你上那边去看。"女朋友往山上走了一段，朝远方看，那块地似乎漫无边际，过一座山是地，再过一座山还是地。

"这么大啊！"女朋友感叹。

"那你以后勤奋一点。"王德华开玩笑说。

每每这样的时候，尽管有一些东西还是不能理解，但王德华觉得父亲真了不起。

春天一到，王开学的树发出嫩叶。这是一年里他认为林子最好看的

012 所 言 非 虚

时候，于是更舍不得离开。他以主人身份自在畅快地四处走着，拿出手机，咔嚓咔嚓地拍着照片。

有时他摸着树上长出来的嫩叶，像摸一个有温度的活物。他暗自想，你要好好长啊。就在这片地雷地里，肆无忌惮地长。

形而上学的亲吻

李颖迪

2017年11月9日，一个寻常的周四。

18:30，武汉大学的晚课铃响了。哲学院的教授苏德超站在教三312教室的讲台上，挑了挑自己的半截眉毛，清了下嗓子，用半哑的声音提问："一个人疼痛到昏厥，那这个人是否还在疼痛？"

还没来得及看清举手的是谁，教室停电了。黑暗侵袭，学生们为这巧合哄堂大笑。苏德超愣了一下，随即说，如果没来电，讨论半小时就走。有人举起手机为他打开闪光灯，苏德超笑了一下，说："谢谢你们，不用打光，我已经足够闪亮了。"

讨论继续，主题已从身心关系回到了因果关系。苏德超在座位间隙不断穿梭，试图站在每一个回答的学生面前。"如果一个行为对结果没有造成实质性的影响，那它是不是结果的原因？"没有光，这样的问题从远处听来，让人有些恍惚。

两小时过去了，黑暗中没有人离开。在光抵达的那一刹那，欢呼声在安静的大楼里回荡着。人们这才意识到，自己身处的这个教室，是当晚这幢教学楼里唯一没有散场的。

一

　　苏德超算不上世俗意义上的成功者。在武大哲学院，更引人注目的明星老师是赵林，几年前离开武大转战华科的邓晓芒，以及因《奇葩说》名声大噪的周玄毅。学生们知道苏德超，往往是因为他的另外两个身份——他是邓晓芒的学生，周玄毅的朋友。或者，是看到了2011年在人人网上流传的那套试题。

　　那是苏德超当老师的第六年，"形而上学"还只是哲学院的一门专业选修课。在试题里，苏德超编了六个小故事，穿插了形而上学的诸多概念：人的同一性，自由与决定论，因果关系，个体与存在。在知乎上，有个学生回忆起这套试题，只记得自己"膝盖跪碎的心情"，然后把试题一个字一个字敲到电脑里，发在了自己的主页。

　　第一次上形而上学的学生会感到惊讶，这门公选课没有教材，剥离学派、学脉、哲学家，不沿着思想史，而是沿着哲学问题的脉络，试图在36课时内跑遍所有重大的形而上学问题。对于哲学基础薄弱、以为形而上学只是高中政治课本上"一朵华而不实的花"的学生们来说，这也许意味着根本听不进去，如果死撑一学期，最后的考试会很危险。

　　但总的来说，这种不点名、没有作业、完全开放的上课方式很吸引人。在那个学期的第一堂课上，一百多名学生一齐打量着讲台上的苏德超，都没有要开溜的意思。苏德超个子不高，穿着灰蓝的格子衬衫，戴着一副最朴素的金属边框眼镜，除此之外，发际线也撤退得有些令人瞩目。光从外表上看，他和任何一个中年大叔无异。

　　随后，苏德超拉下电子屏幕，黑底的PPT上，赫然用白字打出了五个问题：

　　"世界当真存在吗？"

　　"如果世界存在，有哪些东西存在？"

　　"如果有很多个东西存在，是什么把它们结合在一起？"

　　"世界能不能是另一个样子？"

　　"我们在世界中处于什么位置？"

　　提问完，苏德超放下手里的保温杯，抬起头，往台下的人群瞥了一眼，像是在寻找什么。有的学生被这探寻的眼光击中，悄悄把手机收了起来。而坐在第二排的寸头男生，一只手撑着脑袋，另一只手不断转动着手中的笔，好像这才是热身，真正的故事还没开始。他叫张鑫，已经毕业8年了，以前听过几节形而上学，但一直没有修完。

　　随后，苏德超开始讲述那个有名的"忒修斯之船"悖论。公元1世纪的时候，哲学家普鲁塔克曾写道，一艘可以在海上航行几百年的船，航行期间经历了持续的维修和替换部件。只要一块木板腐烂了，它就会被替换掉，直到所有的部件都不是最初的那些。问题是，最终产生的这艘船是否还是原来的那艘船？如果不是，那么什么时候起它便不再是原来的船了？

　　到了举手表达意见的时候，认为这艘船是和不是原来那艘船的学生各占了一半。有人用新陈代谢类比；有人提到关键在于"本质部分和非本质部分的划分"；还有一位穿着橘黄大衣的男生反问数量差："假设替换掉n％就不再是原本那艘船，比如说已经换了49％，再换一块木板，等于把问题递归了？"

　　这是让人紧张的讨论环节，也是让学生们下课后仍在回味的地方。每当苏德超抛出一个现实事件或是哲学悖论的时候，教室先是安静几秒，随后就有人举手示意要话筒。如果说话者在三四分钟内还没有表达清楚自己的观点，苏德超会反问。往往听完苏德超的一两个问题，学生们便会明白逻辑的关键在哪里。

二

1994年，苏德超以四川省达州文科第三名的成绩考上武汉大学人文科学试验班。这个如今听来略显普通的班级，曾是博雅教育改革的先行试验品，它试图打通文史哲的学科界限，"培养大师"。在开办的第一年，这个班级就招揽了湖北省文科前十名的一半。

尽管20世纪90年代"读书无用"的论调甚嚣尘上，但在当时的人文班里，读书和思考仍在继续，苏德超很容易就找到了同路人。在宿舍里，苏德超和舍友的床，有一半的地方都被书占据，睡觉时翻身都要小心翼翼，以免被"大部头"给砸到。

苏德超在这时读了维特根斯坦的《逻辑哲学论》，书中"能说清楚的问题一定要说清楚，不能说清楚的要保持沉默"这句话，像神谕一样俘获了他的心，也让他试图寻找某种途径"把问题说清楚"。除了读书，辩论是另外一个出口。

由于普通话带着些许巴中口音，苏德超在辩论场承担的是幕后角色。周玄毅回忆说，1997年第一次打院辩论赛时，苏德超以学长身份担当评委，辩题是"体育彩票该不该合法化"。这次比赛周玄毅一方输了，很不服气。苏德超一点一点扒出他的逻辑缺陷，指出他这一方的思路太过僵硬，"不是口顺声音大就能赢辩论的"。

紧接着，苏德超开始带文学院辩论队，周玄毅是队员之一。平时训练，苏德超会给他们列出所有的论点以及延伸的论证逻辑，周玄毅慢慢明白，辩论要讲道理，不要靠套路。他们的队伍拿下了1998年、1999年两届武大金秋辩论赛的冠军，还常常觉得对手主打的论点太简单，很没意思。

与此同时，苏德超上了邓晓芒的康德课，课堂采用"句读"的方式，他们一字一句地阅读《纯粹理性批判》——实词、虚词、关联词，弄清背后的逻辑关系以及延伸性的哲学问题。有时一个上午过去了，才读一页不到。跟着邓晓芒，苏德超学会了应该怎样读书。2001年，苏德超读博，如愿成为邓晓芒的学生。

读博时，苏德超、杨云飞和丁三东，被称为邓晓芒学生中的"三驾马车"，后两者如今分别在武大哲学院和川大哲学院任教。他们特别喜欢在课堂上争得面红耳赤。有次香港中文大学的老师慈继伟来武大访学，也听邓晓芒的课。没想到，苏德超他们三人为几个词语的翻译，吵得差点让邓晓芒下不来台，慈继伟听着都尴尬地笑了。

"我们就喜欢搞得热闹，哲学应该这样，应该在对话中激起生命力。"杨云飞回忆起这段经历，仍然大笑不止。他们偶尔和邓晓芒散步，聊的也都是康德、黑格尔。在电梯里碰到，苏德超的第一反应就是，"要问他一个哲学问题，最好把他难住"。

2003年，苏德超留校任职，从门徒变成了老师。不过，导师过于耀眼的光芒，让苏德超处在一定的阴影中。2007年，苏德超的博士论文成果《哲学、语言与生活》出版，这是他至今唯一一本著作。他说自己不好意思拿这本书去送人，因为"'邓晓芒点评'这五个字，比我的书名还大"。

三

苏德超第一次开课，是给国学班讲西方哲学史。在课堂上，他布置了这样一个题目："我们可以尝试一下，把柏拉图的对话改成论语，和把论语改成柏拉图对话，哪个难度更高？"

学生们面面相觑，问他："这不是在质疑孔子吗？"

接着，苏德超以"信仰的本质是什么"为题布置了课后作业，有的学生用文言文改写了一遍题目，美其名曰"虽谬犹信"。苏德超很诧异："这不是写了些废话吗？"

上课之余，苏德超还跟随哲学院另一位教师徐明做助教，后者是美国海归学者，拿过中国逻辑学界的最高奖。徐明总在强调："课堂上不在于说了多少话，而在于明白了多少话。明白不在于情感的共鸣，而在于道理的贯通。"作为理性的狂热爱好者，苏德超对这句话深信不疑。可他实践起来，却和徐明一样，遭遇了学生的不解。

一个学期后，苏德超在教务系统上看到，自己的评教分数只有62，是全哲学院倒数第二。一年后，他给人文班的学生上同一门课，情况好了些。这年有学生问他："苏老师，你的讲法太神秘了，为什么要问宇宙更像一架织布机还是一朵玫瑰花？为什么不能直接让我们背'水是万物的本源'（泰勒斯）？"

为此，苏德超特地在百度贴吧上申请了"想问吧"，希望借此看见学生真实的想法。2006级人文班的一个学生发帖询问："读哲学有什么用？好像根本没什么必要，自讨苦吃。"苏德超当时的回答是："理论和现实总是有距离的，哲学几乎是纯理论的思考，让它有个什么实际用途，可能还是有点难。"

苏德超意识到，真正的问题在于，学生已经很难从哲学概念溯源到真正的哲学问题。他说，相比20世纪90年代，社会已经发生了巨大的变化，越来越少的人会去思考理性和逻辑，人们更多地关注自身的情绪。

但研究分析哲学的人，往往都是冲着"人有病，我要治"去的。他发现，自己不像老师邓晓芒那样想"改变中国人的精神"，而是试图改变人看待问题的方式。能够面向跨专业学生的公选课是一个更为直接的试炼场。2013年底，苏德超申请"形而上学"公选课通过。除去构建自己的形而上学框架，苏德超采取了更为开放的教育方式。

不过，这也曾引起争议。每次期末结束后，他会在微博分享两三份拿到100分与99分的试卷，可在知乎上，有许多吐槽他给分离谱的帖子，其中有一个留言写道："武大无良教授苏德超，只给我60。"苏德超解释说，每一届他都会先评出（接近）满分的试卷，再评价剩余的，以此达到"分配正义"。而那些在开卷考试中抄袭网络论文的，他不会留一点情面。

当苏德超站在讲台上探索的时候，周玄毅选择了另一条道路。2015年，周玄毅参加了大热的《奇葩说》。在这个节目里，辩论已经不是寻求理性的渠道，而是观点的发泄，且因为辩题无关紧要，选手们往往更追求雄辩、文采、口才甚至情绪的展示。真正讲一点道理的周玄毅，也被当成另类。

两季之后，苏德超便不再看《奇葩说》了，认为它是"心灵鸡汤的升级版"。因这档节目获得众多关注的周玄毅，已经是米果文化的联合创始人、"好好说话"音频产品内容总监，他需要更多地考虑如何让13万名付费订阅的听众满意。苏德超偶尔会在朋友圈开玩笑，"玄毅好像做了别人"。

在被问及是否会考虑把苏德超挖到自己的栏目时，周玄毅迟疑了一下，回答道："要看市场。现在付费类产品里面有没有哲学呢？有，比如刘苏里的'名家大课'，但太小众了。如果哪天学哲学成了一件热门的事，那肯定没问题。"

四

在学期的第13周，苏德超用自己的遗嘱引入"直觉、自由与决定论"一章作为收束。这来带着他的一点私心，在既定内容之外，他想和学生们一起讨论死亡哲学，"死亡在的时候，人已经不在了，那我们为什么还会惧怕死亡？我们是在害怕感觉和意识的消失"。

叔本华曾说，哲学反思和对世界做形而上学解释的强烈冲动，来自对死亡的认识，以及对苦难和生活之悲苦的考虑。对于苏德超而言，类似的哲学思考同样来自生活和苦难。

苏德超出生在四川巴中龙背乡的一个小村庄里，是家里第五个孩子。由于家里太穷，亲生父母商议后，决定把苏德超抱给同村的一个工人家庭抚养。养父是体制内的铁道工人，后来做货车的运转车长，在当时相当体面。养母没有工作，主要精力都放在家里，苏德超成了事实上的独生子。随着他的成长，物质条件越来越好。

养母总是问他："你长大了还会认我吗？"这种孤独和不信任感包围了苏德超。一方面，他学会了看眼色行事，从不敢当面提出激进的想法，这一点对他整个人生影响至深；另一方面，他开始产生对外在世界的质疑。

苏德超家的拐角处有棵李子树，每年结果的时候，苏德超吃那李子，觉得挺酸。但大人们说："你还酸，给你吃还没有呢，我们吃着是甜的，你怎么吃着酸呢？"那时苏德超问自己，难道是我有问题吗？大家说的"酸"和"甜"，究竟是不是一样的？他开始挖掘观念："好看的姑娘是朵花，生命是朵花，连地球都是一朵花，花现在是盛开期，但后来总会凋谢吧？"

这些问题是讨厌的侵扰和费解的谜，让他不能好好过日常生活，除非哪天能找到满意的解答。身份的错位感让他后来抱着这样的信念：危机的根源是他自己，他的一生仿佛是一场与他自己本性进行的战斗。

斗争是漫长的，在生活的许多个瞬间，他仍旧未能摆脱那种妥协、被支配的个性。

真正成为教师之后，苏德超开始发现，学术圈并不像读书时以为的那么纯粹——对于发文章、拿课题、得头衔来说，读书固然重要，但拉关系好像也很重要，或者更重要。邓晓芒可以公然抨击："这不是世界一流的大学，这是世界一流的官僚体制！"因为他的学术分量，主流团体显然不能忽略他。而苏德超，面临的是更现实的压力。

时代也在剧烈变化着。世纪之交时，苏德超曾一度听过"80年代李泽厚，90年代刘小枫"的说法，而他自己是在刘小枫《拯救与逍遥》《沉重的肉身》塑成的精神场域中成长起来的。2013年，刘小枫与人关于宪政的对话，却震惊了包括他在内的几乎所有自由主义者：一个曾经写过《记恋冬妮娅》的人，为什么会大吹"新国父论"？一个个人主义者，为什么突然变成了国家主义者？他感到不解。另一位知名的西哲学者赵汀阳，师从李泽厚，同样也提出"天下体系"，在观念的游戏里回应主流的国学热。

苏德超意识到，二者已经脱离学者的具体问题，只剩意见领袖和圣人情怀，便不再关注。不过他接受了部分游戏规则，老老实实发论文，出去参加五花八门的会议。

但苏德超隐隐羡慕着同是人文班出身的教师易栋，称他是"最坚守我们人文理想的"。易栋在艺术学院任职，每年他的戏曲课都是公选大热，他喜欢和学生谈梅兰芳与昆曲，分享诗词歌赋，课余还贴了上万元请学生们去看戏。按易栋自己的话说，"痴，是一种人生境界"。

谈到易栋时，苏德超的言语中流露出几分惋惜："那样有才华的他，如今仍然是一名讲师。"

五

2008年，苏德超评上副教授，和赵林一起做国家精品课程，讲西方文化概论。苏德超负责网站的制作，前后协调许多杂事，疲乏一下磨灭了心气。紧接着，他和一个重度抑郁的学生交流，那种抑郁的感觉"一下子传过来"。那时又碰上汶川地震，他陷入对生命意义的不断质问当中。

整整两个月，苏德超觉得自己只有刚起床的5分钟和正常人一样，其他时间像"行尸走肉"。或者，从讲台走下来后，有半小时，他可以没有任何抑郁的情绪，学生的"期待的目光"部分拯救了他。他明白了，哪怕自己只能是一支蜡烛，但在小角落里，蜡烛或许也能比太阳更有意义。

2009年，苏德超申报了"形而上学"，此前武大没有过这门课。他试图在这门课中寻找能让自己接受世界与内在的东西。

课一学期一学期地开，苏德超好像找到了一些答案。"世间有一种庸俗势力的大合唱，谁一旦对它屈服，就永远沉沦了。"苏德超不愿屈服，"还是哲学的死忠派，我想告诉学生，哲学没有那么难，而且生活需要哲学"。他希望不同专业的学生能看见形而上学的意义，而不局限在自然科学甚至是生活的工具性里。

每周四晚下课的时候，苏德超总是会被学生围在讲台上，有时会一直拖延到9点30分，再走到桂园的小路上。直到路人都快走光了，苏德超才打断学生们的激烈讨论，坚决停下来，说："不能再往深里讲了，不然今天晚上咱们都回不去，只能睡这了！"偶尔他讲到某个地方微微一笑，说："这里其实还有两个辩驳派，但我们没时间展开了。"

李书仁常常是包围着苏德超的其中一员，她是2015级历史学的学生。每次上完课回到寝室，她总会激动得睡不着觉，就好像处在这样一种状态里：积极又幸福得未曾有过，仿佛早就期待着这样，感到了似曾相识的熟悉。每次细致地整理完每次课的悖论，讨论中的每一个观点，她总会愤愤地想："出国还是什么的都见鬼去吧，我会死守在这上完课。"

她尤其难忘，"形而上学"的第一节课，苏德超讲完"忒修斯之船"的同一性悖论后，念了一首普列维尔的短诗《公园里》：

一千年一万年／也难以诉说尽／这瞬间的永恒／你吻了我／我吻了你／在冬日，朦胧的清晨／清晨在蒙苏利公园／公园在巴黎／巴黎是地上一座城／地球是天上一颗星

她感谢偶然，走进312教室的时候，自己常常会恍惚，不知道哪句

话是真的，又不懂得自己是否已经被改变，不知道应该怎样定义那短短的三个小时。她说，这门课对她冗长的人生来说，大概就是《公园里》的那个吻。

（采访/李颖迪、李天涯、刘倩、

张潇文、方静怡，张稆元对本文亦有贡献）

夜　宴

冀文君　欧阳十三

一

饥饿，在6岁那年杀死了我的童年。

那年整个冬天，我和二哥在田间地头有气无力地挪动，寻找任何有活气的生物，可我们一无所获，因为饥饿让人们吃尽了一切。

村里有许多大坑，是人们砍光了树木草丛后，又挖取向四周蔓延的根须留下的。村外小河，因为雨水奇缺而早早断流，河道剩下惨白的沙土，像是被剖开的肠胃。

我所在的豫南平原小村，人们刚从狂热里抽身出来，饥饿就接管了这里。缺乏营养的人无力言语，也不睡觉，目光呆滞地靠在一起，像泥塑人似的一动不动，即使是生性好动的小孩，也和老人一同陷入沉默。

二哥带着我在小河的肠肠肚肚里来来回回翻找了几遍，依旧没有发现任何可以入口的东西，也没有拾到柴火。全身上下给大脑传递的唯一信息，只有饥饿感。

这天我家的晚饭是清水煮发霉的红薯干，很是幸运，这样的时节我家还有东西可以下肚。许多人家断了炊，但没有选择外出逃荒、要饭，只是待在家里,让空荡荡的肠胃彼此消磨。

家里的大人们吃过晚饭后不久就去躺着,任何一点活动都会消耗仅剩的能量。我和二哥不想睡,我们知道村里有一件大事将要发生,因为生产队那头叫作"老倔"的老黄牛病了。

我们溜过去看奄奄一息的老倔,老倔是整个村里唯一的耕牛,它即将死去,大人们在旁边焦虑地谈论着该怎么办。

聪明的二哥已经猜到,吃肉也许只是几天后的事。吃肉,对我们来说是无法抗拒的诱惑。

二

大人们很焦急,不知道该怎么医治老倔。我和二哥也很焦急,一直盼着它的死讯。

老倔为集体辛苦服务了十多年,比二哥的岁数都大。这头牛地位尊崇,甚至还拥有自己的名字,"老倔"分明是一个人才配拥有的名字,就像村里正当壮年的男性劳动力:老庆、老肥、老黑、老蔫、老嗓子。

老倔脾气也不小,除了两位村领导,一般的村民根本使唤不了它。老倔身体一向很好,可半个月前它生病了,村干部们集体犯愁:如果这头牛不幸病死,那是谁都担不起的责任。老倔是集体的财产,在当年,集体财产损失的后果是很严重的。

领导们连夜召开班子会议,达成决议:会计和兽医胡老歪一大早专程去公社做最新情况汇报。不久上面回复:赶紧治。胡老歪给牛吃了几天消炎药,但显然没有起到任何作用。

第一次喂药后，老倔有些站不稳了，不吃东西，水也很少喝。老倔的病情日益加重，胡老歪束手无策，大家让会计到县里请兽医站的专业兽医。会计一早出门，花了整整一上午，终于满头大汗地赶在兽医下班前抵达兽医站。

兽医站的王兽医不愿意到那么远的地方出诊，而且村里除了药钱，其他费用也给不起。会计踌躇了半天，和王兽医讨价还价，最终许诺给他3斤绿豆，他才答应出诊。后来他提出附加条件，要求村里用自行车接送。

第二天中午，王兽医来到三合村，立即严肃指出一个态度问题："这么冷的天，牛病了，竟然没给牛棚做好防风措施，吃的还是干草料。"村支书当即决定把自己盖的棉被拿来给牛盖上，并承诺改善老倔的伙食，每天2斤豆饼。豆饼，那可是好东西，我们这么大的孩子都吃不到。

王兽医给老倔喂过药，领导们招待他到条件好的支书家里吃了顿蚕豆面条。而后，王兽医匆忙跳上村里那辆破旧的加重自行车，由专人送回家。

然而，王兽医走后，老倔的情况没有改善，还是一天天瘦下来，成了一副蒙着牛皮的骨头架子，连最能存肉的大腿和屁股也见不到一丝肉。

老倔终于熬不住了。三天里它一口水没喝，一口料没吃。原本躺着的时候，它还能把头撑住，而到三天后的中午，只能窝在地上，把头靠在墙角才能勉强撑住。它的眼睛很大，后来看上去更大，但那双眼睛是呆滞的，没有一丝光亮。如果不是它深陷的肚窝偶尔微微起伏，人们根本无法确认它还活着。

冬季天黑得早，即便是白天，天空中也丝毫不见活气。这几天村里的广播没了声音，没有狗吠也没有鸡叫，整个山村没有任何的动静，死气沉沉的。村委会门口的屋檐下，有一张通告贴在那儿，不知道什么时候已经破了边。

没人传达，也没人召集，村委会门口的人却越来越多，全村70多户人家，除了外出的，竟然来了近百人。大家都抄着手，缩着脖子，靠墙或者不靠墙蹲在门前，等着消息。

我在人堆里钻来钻去，想听听大家会说些什么，但是谁都没有说话。极端饥饿，使人们失去说话的能力。偶尔有一两声咳嗽，很快就被压抑住。

领导班子在村委已经开了几个小时会，一群人饥肠辘辘的。会议室的大门紧闭着，微弱的煤油灯光从门缝透出，门口有两个民兵站岗，不允许人靠近。屋里偶尔传出点声音，外面的人根本听不清。

突然，二哥从牛棚方向跑过来，一边跑一边兴奋地高喊："老倔死了！"

人群瞬时间躁动起来。很快，会议室的门打开，村领导举着油灯走到牛棚。村长拉开牛棚门，把油灯靠近老倔一看，发现它的脑袋已经彻底倒下去，一双巨大的牛眼还睁着，只是已经不再转动。

村支书蹲下来，把手放在牛脖子上停了一会，站起身，把棉帽子向上推了推，低声说："快，还是热乎的，按会议定的方案办。"

三

我和二哥简直兴奋得要跳起来。可其他人特别是干部们的脸上，没有表现出轻松的样子，只是迅速指挥村民们开始干活。

人们迅速搬来土坯砖，在村委会门前的空地上垒成三个大方格，三口黑黢黢的铁锅很快就被架上去。人们有条不紊地把铁锅、从集体仓库里抱来的大白萝卜清洗得干干净净。

而后，老倔被抬到锅边。跟其他动物死去后直挺挺的样子不同，老倔身体还是软的，以至于我怀疑它根本没有死，于是悄悄把手放到它鼻子前试探，但我没有感受到它的气息。

大人们卸下会议室的两扇大门，并排放好，胡老歪掌刀，开始迅速地剥牛皮。不一会，牛的内脏被取出来，放在不知道谁拿来的大木盆里。有人自发挑来井水，几个妇女开始清洗牛的内脏。最终，老倔的全身，除了牛皮、牛角、肠子里的脏东西，全部都被剁成小块，和着萝卜放在并排的三口大锅里，加上水，整整三锅。令人惊诧的是，直到被剁成很小的块，老倔也没有流出一滴血来。

所有小孩子都被叫醒，带到村委会。五保户、上了年纪的人、不能到现场的人，由专人登记，名字被工整地写在会计的小本子上。村委会门前灯火通明，就连往年的春节也没有这样的阵势，但还是没有人说话。实在迫不得已要说话，大家也只使用最简短的语言。在这种压抑的气氛中，连孩子也不敢出声。

村干部们去村集体仓库边的麦秸垛，抱来许多的麦秸，也有村民从自己的柴火垛拿来一些树枝，准备生火。就在这时，人们突然停了下来，纷纷转过脸。村支书去哪里了？

只见村支书蹲在一个角落，闷头抽着手卷旱烟。等了一会，支书站起来，扔掉手里的烟屁股，往常支书不会扔这个烟屁股，而会细心收进口袋。

村支书对着人群大声喊："联席扩大会议！就现在，快！"

所谓联席扩大会议，那一定是有重大的决策，需要代表全体村民的真实意见才会举行的。很快，村支书、村长、会计、民兵排长、妇联主任、城里退休回来的老职工老干部，还有几位德高望重的长辈，总共十多个人，陆续走进村委会会议室。刚开始会议室紧闭大门，但随即门被打开了，村民们拥挤在门口，这次会议在肃穆的氛围下隆重召开了。

直到听他们讲了十多分钟，我和二哥才明白：原来是没有足够的"硬柴火"煮熟这三大锅牛肉。这确实是个非常棘手的问题。

大部分村民家里只有麦秸，少数人家有点木柴，都被破成了小块。这样的柴火想把这三锅牛肉煮熟，几乎是不可能的。当时，柴火在某种程度上是比粮食还重要的物资。如果把全村柴火烧干净，大家以后就没法活了。

平常，村里的会议上大家很快能达成一致意见，偶有小分歧，支书站起来一拍桌子，事情也就有了结果。但这次会议没有预想的那样顺利，争执很激烈，有的人哭成泪人，有的人额头青筋暴起，有的人似乎忘记了零下十多度的严寒，敞开衣服，露出薄薄的单衣，把胸膛拍得山响。不过，大部分人只是低着头，欲言又止。

争执了一个多小时后，"头脑们"终于有了统一意见：挖坟！

四

"挖坟"这两个字到底是谁先说出来的，已经没有人记得，我只记得门外的大人们听到这两个字时，当场炸了锅。

在三合村，长辈们不断用不同版本的故事，教育孩子们要尊祖敬老。其中流传最广的一个故事讲道：民国时期，本村一位胡姓先人带着家人逃荒，随时可能饿死倒下，可他宁愿把自己哇哇大哭的孩子放在路边，也不愿意把背在身上的20多块祖宗牌位放下。祖宗到底有多重要，这个故事足以说明。

可如今，竟然有人提出要挖祖坟这种大逆不道的事情。这个世道到底是怎么了？村里的老人拿拐杖使劲戳着地面，颤颤巍巍地站起来，用几乎吼叫的声音喊出一句话："祖宗的坟，那是咱们的根啊，再怎么样，就算饿死，也不敢伤了咱这根啊，伤了这个根。咱还有啥脸活在这世上？"

看着老人表达他的愤怒，所有人低下头，一声不吭。没有人反对，也没有人赞同，但大家心里已经决定要挖坟。

三合村有三个姓氏，各姓氏族长站出来，号召自己的族人听从安排，派出五个家族代表，挖坟。

这天夜里，天气比白天更加干冷，但没有一丝风。许多人自发跟随着挖坟队伍，举着火把，带着铁锨、铁镐、绳子，来到村北角的坟地。村长指挥村民们抬着长条桌，权作香案，摆上带来的香烛、祭品和鞭炮。人们各持一根香火，齐刷刷下跪，开始祷告。这是三合村有史以来第一次三姓人一起祭祀，而且用的是同一个香案。

最后，两支粗壮的黄色蜡烛分左右摆开，村长让大家灭了火把，祭祀仪式完毕。但新的问题出现了，谁第一个动手呢？村长看看支书，支书略作沉吟，说了句："换子而食，还记得吗？"

村长立即领会，指挥胡姓的族人开始挖自己金家的祖坟。每年十月初一、大年三十、正月初一，甚至即将出远门或者从远方还乡，族人都会去坟前祭拜祖先，坟中躺的人是什么身份，自家族人再清楚不过了。

所以挖哪座坟由自家决定，他姓族人动手，从时间最远的先人开始挖起。

村长家的先人坟第一个被挖开。村长背过身去，跪在坟旁，其他同姓族人也学着村长的样子，背对着坟墓，跪了下去。意思是，不孝后人没脸见到祖宗。

棺材都埋得不深，被刨开后，棺木在火把照耀下，显得黑亮黑亮的，仔细一看油漆竟还是新的，如同刚刚下葬。

三合村的老人们，遵循轻生重死的观念：活着的时候，无论多苦都没有关系，但一定要提前多年给自己准备一口像样的棺材，材质要好、用料厚实，还得是整木，除非是意外去世来不及备棺，否则还会不惜成本刷上油漆。

有点能力的家庭，棺材的油漆甚至要刷七遍。棺材的每块板都有讲究，比如，棺材顶盖加大"福"字，侧面的"寿"字贴金，后面板嵌着"知足常乐"。有些棺材的制作过程，甚至长达十多年。

村长家先人棺的棺盖被揭开，人们起先只看见里面有些分不清颜色的衣物。大家齐心协力，把棺材翻过来，灰白色尸骨出现了，随着衣服滚落回坑中，很快被泥土填埋。

有了范例，后来的事情就简单多了，各族的先人棺一口一口被挖出。挖人祖坟者，自家祖坟也被别人当面挖开。有人扑在棺材上大哭，但很快，他们就被人拉到别处。更多的人则缩着脖子，双手交替拢在袖口，茫然地看着这一切。

三个家族各自被挖起四口棺材。挖开的老坟，又被填了回去，变成新坟。一年之后，子孙陆续在这些新坟前举行隆重的祭奠仪式。挖别人祖坟的人，祭拜自家祖先时，也会去那家祖坟前祷告。

五

十二口乌黑油亮的棺木被抬到村委会门前。那些费尽心血制作而成的、结实的棺材，在刀斧面前不堪一击。很快，棺材变成了一堆柴火，有油漆的面在火把的照耀下反射出光，其他的面则露出白生生的木头。

凌晨三点多，在棺材柴火即将用光的时候，三锅牛肉散发出久违的、仿佛只有在某个温饱的前世才闻过的香味。瘦如干柴的老倔，在煮熟后变得丰满起来，锅里萝卜随着牛肉不断翻滚着，大餐成了。

村长掌勺，并安排人根据刚刚完成的花名册分配牛肉。村里所有人，包括来走亲戚的人、走不动路的老人和久病的五保户，都分到了一碗热气腾腾的牛肉，有的可能肉多一些，有的可能萝卜多一些。

我和二哥也领到了各自那份牛肉。我很想通过碗里的骨头判断，眼前这些肉是老倔身上的哪个部位，可最终没能辨别出来。二哥那份快要吃完的时候，我赶紧连骨头带肉狼吞虎咽，直到连汤都不剩一滴。

在苍茫的夜空下，村委会门前空地上有百十号人，依旧听不到任何人说话，只有咀嚼、喝汤的响声。人们因为获得食物而产生的幸福感，被羞耻和痛苦撕扯着，最终呈现在脸上的，是一种奇怪的红色。

这一天，我对这个世界有了第一道记忆。

杀手沈无畏

洪　流

一

有一次我和朋友喝完酒，荷尔蒙急速分泌，夜半在街头高歌，最终被巡夜警察拿下。

对方一问，得知我是中级人民法院的人，把我带回派出所，打电话给中院值班室，说："你们有个人'麻栗果'（酒）整多了，在我们这里唱歌，你们来人把他拖回去，不然我们要拘留他了。"

过了一会儿，同事"电杆"和单位的一个法警去到派出所，法警看到我就哈哈笑，说："你也太给我们法院长脸了。"两个人把渐渐清醒的我整回家。

这个法警，是沈无畏。

沈无畏当过兵，据他说在20世纪80年代去过老山前线。开过枪，有没有打死过人他不清楚，但差点被自己人打死。他在战壕外面拉屎，完了往回爬听见里面的人喊"口令"，他没来得及回答就听见嗒嗒一个点射，五六式冲锋枪的子弹打在他身边的泥土里，把他惊得魂飞魄散，一下子把口令忘到九霄云外，只好扯着嗓子喊"老子是沈无畏"。爬进战壕，他一下子扑倒望着他哆哆嗦嗦的新兵，被旁边的战友劝开了。

沈无畏转业到法院，进了法警大队。法警大队刘大队长和他进行了一次正儿八经的谈话。他问沈无畏："沈无畏，你给认得我们法警要干的工作是什么？"

沈无畏说："我认得，不就站个庭、维持一下秩序、带带老犯人嘛。"

刘大队笑笑，继续问："除了站庭和带犯人呢？"

沈无畏想了想，回答："难道还要我打犯人？"

刘大队笑了："这不是你的活儿，你可没这个机会，而且纪律也不允许。"

沈无畏说："认不得了。"

刘大队说："小沈给有女朋友了？"

沈无畏有点警惕地说："没有。"

刘大队"哦"了一声，然后摘下暗绿色的警帽，搔搔他已经没有几根毛的脑袋，揉揉被警帽箍在脑袋上勒出的印痕，用尽量温和的语气说："小沈啊，法警这个工作很重要呢，我们中院会有死刑判决，法警在必要的时候要开枪杀人呢，血糊里拉呢，有的同志干不了这个。干这个事情一定要勇敢，你上过战场，应该有这个素质吧。"

沈无畏听了有点发愣，想了一分钟，说："刘大队给我两天时间想想。"

"好。"

二

在我进法院前，沈无畏已经当了两年多的法警。我第一次在刑场上看见沈无畏开枪是在澜源县的一个山坡上。

那次执行前，中院和当地县法院在澜源县中心广场联合召开宣判会，把一个要执行死刑的犯人和其他罪行较轻的犯人推上台亮相。县法院的扎娃院长刚从别的单位调过来不久，主动请缨让县法院法警李阿黑执行死刑。刘大队有点不太愿意，但不好磨人家面子，哼哼哈哈地答应了。

验明正身的事情完毕后，该执行人上场了。按照之前的安排，李阿黑早在山坡下面的警车里等着，却迟迟没见他从车里钻出来。我们在山坡上等得有点焦急。过了两分钟，看见沈无畏从下面上来，戴着墨镜，手里拎着支五四式到跪着的犯人身后。刘大队高声发口令，沈无畏抵着犯人后心，砰地开一枪，头也不回下山去了，整个过程也就一分钟。

犯人扑倒在地上，试图用最后的力气翻转身体，腿蹬了几下，出了几口长气后终于没了声音。大法医蹲下去，翻翻犯人的眼球，摸摸脉搏，伸手到他鼻孔前探了探，说可以了。

刑场上满是甜丝丝的血腥味，混杂在亚热带茂密森林富含氧气的清新空气里。

这天中午和县法院的人聚餐时，没看见李阿黑。刘大队说："李阿黑整不成，在警车里时手抖个不停，脸都绿了，不敢让他上，还是我们教官是煞神。"说完，他给沈无畏敬酒。

沈无畏不说话，仰头一口把一杯酒喝光。

刘大队一边吃喝，一边开始唱《沙家浜》，唱得摇头晃脑。沈无畏举起酒杯说："刘大队我敬你一杯，敬完不要再唱好不好？"

刘大队哈哈大笑起来。

不一会儿，扎娃院长过来中院这一桌敬酒，轮到敬沈无畏时，扎娃院长伸手把他从座位上拉起来，嗓门很大地说："来来来，这位杀手英雄、罪犯克星。"扎娃面带笑容，惹得旁人都转过头来看。

沈无畏说："扎院长，这只是我们的工作。"

扎娃院长听了不再多说什么，两人碰了杯，喝完酒扎娃笑着回自己座位去，坐下点一支烟，把方才拉沈无畏的手伸出来，翻来覆去看了好一会儿。

三

沈无畏在法院有个绰号叫"教官"，因为他在部队曾作为教官去学校里给学生军训。年轻英俊的沈无畏，被他后来的大学生老婆看上，并以身相许。沈无畏虽参加过战斗但有惊无险，没影响两人的爱情。

过了两年，沈无畏离开法院，没留在沧普，甚至没留在云南，直接跑到重庆去找他的川妹子老婆，开饭店。那时我在外培训，回来就听电杆说沈无畏走了，我问干得好好的咋就走了呢。电杆说："好哪样好，连老子都经常做噩梦，教官这样肯定也干不长呢。"

多年以后我去重庆出差，和沈无畏联系上，我俩找了个地方吃夜宵，边喝边聊。当初年轻英俊的教官，有了大油肚，话也比以前多了。人老了容易怀旧，在一起就回忆原来在法院的时光。聊了一会儿似乎把能聊的话题聊空了，沈无畏开始聊死刑执行。

我说："我还以为你不想诳（说），所以懒得提这个话题。"

沈无畏说："不怕得，其实我自己想诳一哈（说一下）。诳开了就好了，这种事情，跟现在的人也不有法诳。今天我跟你诳，说明这个事情在我心里已经过克了。"

我说："那就好。"

沈无畏说："现在想起来觉得以前我们真的太憨（傻）了，现在的人想不通了有心理咨询师可以辅导辅导，我们以前心理承受不了了克找哪个诓？就只认得喝酒。你说杀人这种事情，在战场上杀对手那是战斗，但我们在法院杀人算哪样事情？"

"这是法律制裁，不是你杀人。"

"你说得轻巧，可最后扣扳机的是我，我是取人命的，我跟这个人无冤无仇，素不相识，但我要去扣扳机，要听刺耳的枪声。你们哪个给想克扣扳机嘛？"沈无畏说。

我呵呵笑，说："你不要钻牛角尖，我们只是法律的执行者。"

沈无畏叹口气，说："以前杀人是个职业，大家都知道，现在哪个敢说自己是杀人的？枪决这种事情在法律上名正言顺，说起哪个坏人来大家都跳脚抹手呢要求判死刑，但一旦落实到动手了，没有几个人会向前，因为大家都觉得晦气。我也觉得晦气。当初刘大队找我谈话时我都没想过那么多，后来想起来，才意识到他跟我呢谈话就是在欺骗我，这个老杂种。"

我说刘大队的确是老了，但是不是杂种我认不得。

"他是老杂种。"沈无畏说，"洪流你想想，在法院是铁饭碗，我为啥会出法院跑来重庆？刘大队当初答应我最多干两年就帮我换到业务庭，等两年到了，他又装憨，这样又装了两年，说法警队缺人。法警队哪里缺人，掰着指头随便就有五六个，法警队缺的是愿意开枪的人。刘大队就是用起我来好用，不想放我走。当初我老婆都想好了要跟我克云南，但条件是我不再干法警。刘大队这样整我，我实在不想再干了。"

"原来刘大队还承诺过你这桩事情，这个我们倒认不得。"

四

不知不觉两个人喝完了一瓶白酒，沈无畏要老板再整几瓶啤酒来。

我说不行了不行了。

沈无畏就笑，说："我也好久没这样喝了，开心。"

"你给认得我一辈子都忘不掉的是哪样？"沈无畏问。

"给是你从青头伙子变成汉子那一夜？"

沈无畏点点头，说："是么是第一次，不过不是那个，是杀人。"

"我第一次看见你杀人是在澜源县。"

"你看见我的那时我已经麻木了。第一次是在那一次的两年前。那是我第一次。刘大队安排我当第一射手，张文正当第二射手，张文正以前也没整过这种事情。执行是在下面县里，头天晚上，我和张文正住一个房间。那天晚上老半夜了我们都不有睡着，两个人也不说话，就是翻来翻克。那个晚上的那种感觉，我找不着说，孤独不是孤独，恐惧不是恐惧，就是心里堵得慌。到了快两点了，张文正说了一句：'教官你不要怕，你不行了后面还有我。'"

"那个晚上，我觉得张文正真是我的好兄弟。"沈无畏喝了一口酒，又补充，"但是虽然他离我只是一个床头柜的距离，我却觉得我们彼此离得好远好远，谁也帮不了谁。"

接着，我们喝了四瓶啤酒。

沈无畏问："以前有一次执行你可能认不得，超搞笑。"

"哪一次？"

"那时你还没来法院。刑场执行你晓得的，按照一般程序，验明正身后，刑场法官和检察官退到一边，接下来的事情交给刑场指挥员、法警或者武警去处理。刑场指挥员一般会喊口令，例如'预备''放'什么的，然后执行员做好准备并动手开枪。那一次很有意思，这个老犯人是个毒品贩，当他按照武警指示跪下来，刘大队刚喊了一声'预备'，高度紧张的执行员听到一声'放'，于是扣动了扳机，犯人随着枪声扑倒在地。刑场上的人都有些发愣，大家觉得事情哪个地方有点不对。只见刘大队脸色发红，大步走到扑倒在地的犯人跟前，恶狠狠地盯着那个已经逐渐失去意识的身体，大声地骂了几句脏话。"

话音未落，沈无畏问我："你给认得刘大队为哪样骂？"

"认不得。"

沈无畏哈哈地笑起来，说："'放'的口令是那个毒品贩自己喊出来的，所以刘大队鬼火绿（恼火）。"

我问："那一次的执行员给是你？"

沈无畏又哈哈地笑，说："不是我，真的不是我。"

亲爱的小孩

郑　振

一

12岁那年的暑假，我和表哥跟着姑父在汽车站外搭棚子卖水果。在县城，能"蹲车站"的人都是厉害角色，因为车站旁汇聚了三教九流的谋食者：小偷、乞丐、黑社会。姑父虽然只是个卖水果的，却有几分锄强扶弱的侠义精神，在当地也算是个人物。

汽车站有一班开往省城的末班车，在夜间12点过后停靠。午夜外出的人少，很少有人下车，那时我们就会收摊，在篷布搭的屋子里睡觉。

有天夜里，我睡得正香，脚底的瘙痒感使我从梦中惊醒，睁眼看见表哥正嘎嘎笑着用竹篾扫我的脚底，他从口袋中掏出两根皱巴巴的香烟晃荡几下。

"走，抽根凤壶去。"

看了一眼姑父，他在地铺上打着鼾，我偷偷拿起挂在他头顶的藏青色羊皮袄裹在身上，跟着表哥溜了出去。

北方温差比较大，虽然是夏天，后半夜还是很冷，表哥一边擦着火柴点烟，一边用脚踢我，示意我看看候车厅的台阶上坐着的两个人，他问我："你看那个老头像不像韩茂臣？"韩茂臣是1996年热播电视剧

《大秦腔》的主人公。

我还没看清楚，表哥已经走了过去，半眯着眼睛问："要不要桃子？自家产的大久保，八毛一斤，给你便宜点，七毛。"

"韩茂臣"看了看我们，摇摇头。我们有点失望，刚要走开，他又问："小孩，附近有没有饭馆？我们已经一天没吃东西了。"听口音，他像是陕西人。

他旁边蹲着一个跟我年纪差不多的小女孩，只穿了一件薄薄的褂子，冻得瑟瑟发抖。可她看到我披着皮袄从头包到脚，又扑哧一声笑了出来。

这个点，所有饭店早都打烊了。

我有点可怜他们，就跑到棚子里拿了个吃剩的面饼递给她。老头感激地向我点点头，女孩拿过面饼大口吃起来。

表哥把一支烟递给老头，问他是干什么的。老头说他是江湖艺人，唱戏杂耍都会。老头看起来很疲惫，说话间气都喘不匀。

二

表哥说："原来是唱戏的，怪不得你长得像韩茂臣，那你唱一折'呼喊一声绑帐外，不由得豪杰笑开怀'（秦腔《斩单童》），我给你一块钱。"他从裤兜里拿出一个钢镚，晃了晃。

"一天没吃没喝，浑身没劲，唱不了了。"他先是摇摇头，而后指指我身上的皮袄说，"我给你们讲个反穿皮袄倒穿鞋的故事，你把皮袄借我一宿，后半夜还是有点冷，兰兰会感冒的。"

原来那个小女孩叫兰兰。我们俩答应了，老头开始讲故事：

　　从前有个少年，一心想学成仙之术，便离开父母四处寻访高人。一去多年都没有寻到，直到有天他碰到一位长须白袍、仙风道骨的长者，就要拜他为师。怎料高人不愿收他，但指点他："如果有天你遇到了一个反穿皮袄倒穿鞋的人，那就是你要找的神仙。"

　　少年找啊找，又过了许多年也没有找到，只得在一个夜晚回了家。他敲响柴门，叫了声"爹"，父亲听到儿子回来，高兴得胡乱披了皮袄、踩上鞋跑来开门。门打开那一刹那，少年发现他爹反穿着皮袄、倒穿着鞋，才恍然大悟，扑通一声跪倒在父亲脚下。

　　他讲得绘声绘色，我和表哥都被他带进故事中。故事讲完，他打了个长长的哈欠，看着我身上的羊皮袄。我把皮袄脱下来借给他，表哥还找了几个旧纸箱给他们铺了个床，祖孙俩盖着皮袄，度过了这个夜晚。

三

　　第二天清早，我一起床就去候车室找他们，结果找遍了整个汽车站也没看见老头和他的孙女，他们和姑父的皮袄一起消失了。

　　姑父气得吹胡子瞪眼睛，他从床底下翻出来一把长刀，对着空气做了砍劈的动作，龇牙咧嘴地说："我蹲车站这么多年，还没人敢在太岁头上动土，要是让我逮到那个人，一定活劈了他。"

　　父母闻讯后也赶了来。父亲二话不说就对我一阵拳打脚踢，我大喊着如果不借给他们，他们会冻坏的。见我顶嘴，母亲又拿了笤帚在我脑袋上一阵乱打，打完之后，母亲哭哭啼啼地讲述了这件皮袄的来历。

　　有一年，父亲和两个哥哥去临县收购粮食。回来的路上，大哥驾驶着拖拉机，父亲和二哥在粮食堆上睡觉，突然机器出了故障，从路边两米多高的地埂上翻了下去，当时父亲和大哥都被甩了出去，二哥却被轧在了车底。恰好一个老人在田里劳作，很快叫来许多帮忙的人，将二哥从拖拉机底下救了出来。二哥受了伤，发冷打战，老人就跑回家里拿来了这件羊皮袄，盖着他一直送到医院。后来，老人将这件皮袄送给了他们，父亲则送了两袋粮食感谢老人。

母亲说，要是拿到市面上卖，那件皮袄值两百块，差不多顶工人一个月的工资。

那天，母亲去了庙里求菩萨，摇了签。我记得有句签辞是"完璧归赵"，我就猜这件皮袄一定会回来。

四

晚上，母亲罚我不许吃饭。饿着肚子睡到半夜，突然感觉有人往我嘴里塞了一块硬糖，睁开眼睛，迷迷糊糊看见"韩茂臣"在冲着我傻笑。

地上摆着矮桌，姑父盘腿坐在地上，他刚喝完一杯酒，正咂着嘴。老头又坐过去和姑父碰杯，两人热络地聊着。我不知道发生过什么，"韩茂臣"又回来了，姑父原谅他，竟然还和他一起喝起了小酒。

老头指了指小女孩，说："兰兰今年10岁，这女子命瞎，日子过不下去，她娘跑了。她爹借钱买了拖拉机，才出的门。"

几个月前，老人的儿子买了辆拖拉机跑运输，说要去汉中进蒜薹，拉到陇东南一带销掉，再买陇东南的水果回老家售卖。但从那次出了门，他就再也没有回家。

前段时间，他每天都会做同一个梦。儿子在梦里告诉他："我死在了甘肃一个叫'鸡沟'的地方，是被人害死的。我开着拖拉机路上载了个陌生人，那人请我喝酒，却在半道上休息的时候一酒瓶砸在我后脑勺上，把我扔在了'鸡沟'的一个废弃池塘里，我的皮鞋也被一个放羊老汉捡走了。"

老人找过警察，也找过当地政府，但他的说辞听起来有点怪力乱神，没人相信。他只好自己带着兰兰一路寻找，穿州过县，靠讨饭或者卖唱凑盘缠，一直找到了古城。今早之所以消失，是因为他打听到我们这里有个叫吉人沟的地方，和梦中的"鸡沟"很相似。他带着兰兰一路打听着找过去，把吉人沟走了几十遍，却没有找到那个池塘，也没找到儿子。

那天晚上，姑父喝高了，讲起了义气，把我们的床让给"韩茂臣"和兰兰，他拿来三条麻袋，赶着我和表哥在棚子外打地铺，我和表哥挤在失而复得的皮袄里睡了一夜。

五

那几天，"韩茂臣"带着兰兰早出晚归，四处打听儿子的下落，晚上回来在棚子里借宿，有时候，他们晚上回来得早，我们就和兰兰一起玩。兰兰讲了许多陕西那边孩童的游戏，跟我们这里差不多，但她说她喝过洋汽水，就让我们很佩服了。我和表哥吞着口水问她洋汽水是什么味道，她想了很久，说："是甜的，喝多了打嗝。"

她说，妈妈离家走的那天，她一直哭，她的爸爸蹲在地上一直不说话，后来他出去了，回来的时候递给她一瓶饮料，说是洋汽水，外国进口的，她才不哭了。爸爸跟她承诺妈妈很快就回来，但过了几天，她妈妈没有回来，爸爸也走了。

"韩茂臣"待过几天后，花光了盘缠，开始在车站边的广场上卖艺。秦腔所有曲目他都会唱，并且声音浑厚苍凉，一折折熟悉的《逃国》《斩单童》《法门寺》吸引了许多围观群众。最令人兴奋的是，他能将《斩李广》中"七十二个再不能"完完整整地唱下来。西北人都爱听秦腔，所以他每天能收不少零钱。

有一些小混混要收"韩茂臣"保护费，但都被我姑父喝退。姑父抽着臭臭的巴山卷烟，赤脚盘腿坐在自己的鞋上，眯着眼睛，听得心里十分熨帖。

"韩茂臣"白天唱戏，晚上回我们棚子里将挣来的毛票分类整理，他佝偻着身子数钱的样子，深深地刻录在我的记忆中。

每次数完钱后，他会拿出其中一两张1元的票子，交给表哥，让他带着我和兰兰去买点零嘴，那是我们最幸福的时刻。

六

一天早上起床，"韩茂臣"又消失了。我下意识去找了找羊皮袄，果然，皮袄也不在了。

兰兰一直哭，劝不住。姑父就蹬上自行车满城去找，没有他的半点踪影。整整两天，他都没有回来，兰兰哭着说，爷爷把她扔下走了，不会再回来了。

我和表哥只好轮番逗她玩，为让她开心，甚至偷钱给她买了一瓶洋汽水。

这样下去不是办法，姑父找来我的父母，商量该如何安置兰兰。母亲有三个儿子，一直想要个女儿，和父亲商量过后，她决定如果"韩茂臣"不回来，就认兰兰做女儿。父亲同意了，我和表哥也暗自高兴。

第三天的早上，"韩茂臣"回来了，一进棚子便跌倒在地上。姑父忙叫我和表哥把他扶到床上，他的额头很烫，姑父脱了他湿掉的衣服，表哥抱来被子捂他身上，他抖个不停。姑父请来旁边诊所的大夫，开了药，大夫叮嘱我们要给他捂汗，发出汗来就好了。

躺了两天，"韩茂臣"的身体好了起来，他抱着兰兰痛哭，说差点再见不到兰兰了。

我们才得知，那天半夜他在梦中又见到儿子，儿子浑身赤裸，在一个水库旁边的池子里，向他哭诉："爸，我好冷，衣服都被孤魂野鬼扒走了，快给我送点钱和衣服。"最后，儿子责问他："你什么时候才替我报仇？"

"韩茂臣"打听到，我们县东部有个1957年建成的水库。县城到水库所在镇子每天只有一趟来回的班车，他决定把兰兰留下，孤身前去。他知道我们一家心肠好，会照顾好兰兰，暗自备下几天干粮，趁大家熟睡时悄悄上路。

连着找了两天，他把绵延十几公里的水库过篦子似的梳理了几遍，也到附近许多村子打听，终究没有找到儿子托梦所说的那个池塘。

回县城时，他没搭上车，本想一边走一边搭过路车，没想到山里忽然下起暴雨，根本没有过路车。他淋着雨，走走停停一整夜才回到县城，那三十公里路途中，多亏那件羊皮袄，不然他会被冻死。

七

病好以后，"韩茂臣"要带着兰兰离开，打算去另一个县继续找儿子。他说即便是把全中国找遍，也要找到儿子，活要见人死要见尸。

　　我母亲很喜欢兰兰，一直拉着她的手，舍不得放走，对兰兰说了许多知冷知热的话。她再三劝"韩茂臣"把兰兰留下，毕竟带着个孩子穿州过县不方便，孩子也遭罪。

　　但老人无论如何也不答应，他说再艰难，也不到送孩子的地步，何况兰兰是他这辈子唯一的亲人了，以后还要供她念书上大学，靠她养老送终。

　　母亲将那件羊皮袄送给了他，叮嘱他一定一定要照顾好兰兰。车子启动后，我和表哥都哭了。

　　那是我人生第一次感觉到，有些人走了，就永远没机会再见了。

中国版"飞越疯人院"：密谋十七年的逃亡

溪　树

一

2011年2月10日，正月初八。凌晨4点，徐为准时起床，把最好的衣服和鞋子一一穿上，脑子里一遍遍彩排接下来会发生的所有可能性和要注意的细节。另一间房间里，他的女友春春也已准备妥当。

半个小时后，徐为和春春手牵手走到康复院门口。他们将要敲开值班室的门，告诉值班阿姨，他们要去买早点。

在过去的一年里，他们每天都严格遵守这个流程：凌晨4点起床，4点半一起走到康复院门口，等值班阿姨开门放他们出去买早点。

按照惯例，值班阿姨会打开铁门，让他们出去。因为她知道，他们不久后就会回来，并且多带一份早点给自己。

早春的上海，凌晨仍是冷得人簌簌地抖。徐为和春春紧紧挨着站在铁门前，徐为个子很高，像小学生一样双脚并拢站得笔直，但仍然挡不住已经微微驼起的背。他紧紧攥着女友的手，放在自己身后。

此刻，他们正盯着铁门上的锁，心里无比紧张。就在这扇铁门边上的墙上，有一块方形的金属牌子，上面写着：精神康复院。

为这一刻，他们已经准备了10年。今天，值班阿姨会照例给他们开门吗？

二

2000年10月，徐为乘坐的飞机落地广州白云机场。

大约是更早的10年前，他拿着中专文凭钻进出国潮。刚落地澳洲，发现报读的语言学校是山寨的，交了钱的住处也联系不上，还没有开始新生活，就背上了黑身份。10年间，徐为一边打黑工，一边争取合法居留，但最终还是被遣送，蹭了一张免费的回国机票。

徐为并不想回上海老家。在国外什么名堂都没有混出来，碰到熟人肯定觉得丢脸。倒不如留在广州，把日子过好一点再回去。

但是那种感觉又来了。他脑子里抑制不住地出现一行字幕："这里不该有这么多人呀，这里面好像有人在跟着我。"周围的人好像都在偷看他，试图包围他，走近又像没什么事一样散开了。徐为很希望能够抓住一个人问："你们到底是为什么跟着我？"再细看，周围都只是行色匆匆的路人。

这种感觉，徐为已不再陌生，仍让他感到惊慌无措。于是他决定回上海。就这样，10年之中不曾与家里有很多联系的徐为，空降回家。

回到家，徐为开始为自己在澳洲的经历申诉，前前后后跑了澳大利亚领事馆、华侨办公室、外事办等好几个部门，都没有音信。他经常打电话给在澳洲的朋友，电话费都花了2000多块钱。

徐为的大哥看到他这种焦躁的状态，觉得他一定是在国外把脑子待坏掉了，发精神病。2001年春节过后不久，徐为刚回家不到一年，被大哥和父亲送进一家精神病院。

这是徐为第一次入院，在那里，他被诊断为偏执型精神分裂症。

三

这种被跟踪的感觉，早在1994年，徐为还在澳洲的时候就出现了。

布里斯班的木星赌场，在连续三个半月里，徐为像有了金手指一样，逢赌必赢，每次至少赢5000澳币，几个月里徐为赢了20多万澳币。那时他想赢到30万就回国，家里兄弟三人每人能分到10万澳币。像过山车爬到顶峰后便是急转直下，徐为在赌场里坐的这趟过山车，顶峰就是20多万。

那天徐为又一次干脆利落地赢了近2万澳币。他想乘胜追击，但突然感觉到牌桌上有人出千作假，随着作假的小动作，牌势发生了变化，这些变化是冲着他来的。

有一股不可抗的力量在他眼前，要把刚才的好牌和好运一笔一笔地抹去。他乱了阵脚，把大把大把筹码推上牌桌，一直输，输光手里的钱，还去银行取了钱，回到牌桌上继续输。就这样，两三天的时间里，几个月赢来的钱转眼成空。

赌桌上的输赢只是一时，但那种感觉却溢出赌场，渗入到生活的其他方面。他去找工作，觉得是有人在背后帮助他，安排他找到了这份工作；他走在路上，感觉有人跟踪他；他打电话，感觉电话被监听了……如果说最初在赌桌上的那种感觉只是一个小雪球，那么这个小雪球很快就如失控一般越滚越大。

徐为开始觉得每一件事情背后都有人操控，每一件事情之间都有联系。即便是那些早已模糊的往事和故人，再想起来似乎也都有不寻常的隐喻。这种感觉渐渐把他的记忆、猜测和确有的经历杂糅到一起。

别人都说徐为病了，精神病，但他自己不这样认为。真正有精神病的人会确信自己感觉到的就是真实发生的，但他并没有这么确信。徐为这些感觉只是猜测——可能是有人在监视我，可能是有人帮我安排了工作……每个人都会有这样那样的猜测。

他渐渐被巨大的谜团围困，即便在有没有病这件事上，他都不是百分百确定。有时候他说自己没有病，有时候又会问这到底是不是因为他有病。在别人看来，这就是精神病，最多只是病得轻和病得重的区别。

四

2001年春，徐为第一次被送进精神病院。那是一家私立医院，入院后有诊断，有医生开药，每隔几天医生会和病人谈谈，家属随时可以来访，看起来非常正规。

但就是这样一家医院，在徐为入院的第一天给了他一个下马威：小护士要给徐为打针，他不肯，于是另一个人来把徐为打了一顿，痛得他睡都睡不着。挨了这顿打，徐为获得了住院的第一条攻略：如果不想挨打，就得安分一点，不能跟人家搞事情。

徐为逐步意识到，精神病院其实是一个等级严格的独立王国。

医生和护士是顶层阶级。医生掌握着开药的大权，谁不听话就给谁多吃点药。与病人接触最频繁的是护士，从二十几岁到四五十岁的都有，像帝王一样。有一次，一位病友说话稍微大声了一点，年轻的小护士立刻转过头，脸一板，说："你知道规矩的啊。"声音不大，但那个病友马上吓得一句话都不敢说了。领教过几次医生护士的威严，徐为获得了住院的第二条攻略：医生护士说什么都必须听，不听不行。

位于独立王国第二阶层的是"病头"，那些享有特权的病人。那些听护士的话、让护士比较看重的人，才能成为病头。医生和护士让病头做一点上不了台面的事，而病头多少能从医生护士那里得到一点好处。徐为入院第一天就是挨了病头的打。

底层的病人能不能团结一致反抗呢？基本是不可能的。徐为刚入院不久的时候，一个年轻的病友和病头吵架，病头动手打了这个病友。医生护士没有惩罚打人的病头，反而把被打的年轻病友送上电麻椅。

当时，住院经验还不丰富的徐为仍有勇气说两句公道话。他为病友打抱不平，对医生说："明明他是被打的，你们放着打人的人不管，让被打的坐电麻椅，你们讲不讲道理？"只有徐为胆子大，其他病友都不敢作声。

后来住院的经验值高了，徐为认清了在这个独立王国里并没有"道理"二字。再遇到类似的情况，他不作声了。病友怪他："你为什么不来帮我？"他说："我来帮你也起不到作用呀，只是多一个人被打而已。"这是他记下的第三条住院攻略：作为一个底层病人，只能昧着良心，事不关己高高挂起。

那能不能向前来探访的家属求助呢？经徐为观察，十个病人里有九个的家属不会给予帮助。家属就是想把人关在医院里，不会管人在医院里是否挨打。

不能靠自己又不能靠家人，这医院里的人向外求助基本也是不可能的。曾有一位病友投诉护士们自己看报纸，不给病友看。第二天，那几个被投诉的护士对他呼来喝去了一天，病头也一整天在他周围晃悠。徐为看在眼里，记在心里，投诉这件事还是不要想了，如果让他们知道你投诉可就惨了。这条不是一般的住院攻略，是生存法则。

这家医院的投诉渠道，像是一个安装得非常奇异的机关，它是这家正规医院在明面上的标配，外人很容易看到，可里面的人根本不敢用。因为它像被接错了端口，投诉的声音难以传到外面，却很容易被那些被投诉的人知道。面子上，看似稳当的投诉渠道反映了这家医院的正规；里子里，病人们都不敢用的投诉渠道，巩固了这独立王国对外的封闭，也巩固了其内部严格的等级和微妙的人际关系。

徐为看清这座独立王国的图景，太太平平地住了一年，治疗得差不多了，医生对他说："你可以走了。"没有人来接徐为，医院也没有要求一定要有人来接才能让他出院。那时是2002年，徐为问别人借了一块钱，独自出院，坐公车回家。

如果那时他有预见未来的能力，一定会感叹这一次住院时间之短，更会惊讶于这一次出院是如此简单。

五

出院后，徐为和父亲住在一起，找了一份在工厂车间的工作，每个月1500元钱。后来在涨工资的事情上和老板没谈拢，这份工作也就不做了。

徐为阔别家乡10年，父子感情本就比较淡漠。父亲在心里责怪他不珍惜工作的机会，徐为则不满父亲把日子过得糟心，连续三个月吃青菜豆腐冬瓜汤不带一点变化。

2003年7月的一天，父子俩发生争吵，直接导致徐为第二次被送进精神病院。那场争吵之后，父亲去找居委会。不知是争吵过于激烈，还是因为居委会一听说他们面对的是住过精神病院的人，摆出如临大敌的架势，居委会找来了派出所。

最后，父亲、哥哥、居委会和派出所一起把徐为送去精神病院。看到这么大的阵仗，徐为自知没有能力反抗，识相地跟着走了。这一次，他被送去一个离家很远的精神康复院。

入院的那天，只办了简单的手续，父亲和哥哥就走了。医生把他送进康复院的第一间小屋子，收走他身上的三五百元钱，把门一关，不管他了。这房间里就一张床，外面有铁门，他在里面住了一个多星期。

一有机会他就问医生："我到底有什么病？"医生不搭理他。不过药倒是很快跟上了，徐为第一次住院时吃的是氯丙嗪，这一次继续吃氯丙嗪。在徐为再三追问下，医生勉强对他进行了一次会诊，但就随便问了点问题，没出什么结果。会诊之后，他被分到普通病房，和几个病友合住。

原来新进康复院的人，都要独自在那个有铁门的房间住几天，像关禁闭一样，这大概算是康复院给新病人的下马威。

这家精神康复院和徐为第一次住的精神病院挺不一样。康复院里的诊断和治疗没有那么正规，但整体上也没有那种等级森严的气氛。康复院对病人管理比较松散，病友们平时能抽抽烟，病友之间还能做一点倒卖香烟的小生意。如果说之前那家医院是为了治病，这家则更像是精神病人的长期收容所。

一开始，居委会的人会陪父亲来康复院探访。他们每次来，徐为都会强烈要求出院回家。居委会的阿姨嘴上答应帮他看看，但看着看着连人也不出现了。父亲年纪大，不认识去康复院的路，没有居委会的人陪着，也不来了。

每天早晨6点半起床，中午11点午饭后午休，下午1点半起床，3点

45分吃晚饭，4点回房睡觉。算下来一天要睡超过14个小时。徐为在这样的作息里开始了看不到尽头的康复院生活。住在这里面的人只有两个选择，要么每天睡超过14个小时，再正常的人都能睡出精神病来；如果不睡觉，在四壁白墙的房间里只能发呆瞎想，想多了精神病就更严重了。有时他觉得康复院的作息并不是为了帮助里面的人康复，而是在卖力地为康复院存在的意义服务。

看不到出路的徐为，想到了逃。

大约是2004年的时候，一个新进康复院的病人想要出逃，徐为打算和他一起翻墙头爬出去。没想到这墙头比想象中高很多，他们轮番踩在对方的肩膀上也够不着，逃跑不成，徐为的脚还受伤了。想要出逃的病友不止他们俩，但真正能够逃出去的极少。有些人就算成功逃出去了，没几天又会出现在康复院里。

但徐为觉得，那些被抓回来的病友都是脑子一热就翻墙出去了，身上没钱，脑子里没计划，在街上游荡两天，没有吃没有住，想想还是回来吧。还有一些病友逃回家，没两天又被家人送回来了。

看多了这种出逃未遂，徐为明白，即使翻过康复院的墙头逃出去，外面还有看不见的墙头等着他。如果想逃出去，在外面生根，永远不回来，就要沉住气，长远规划，缜密安排。

六

长远规划的第一步，是要在康复院里活成一个模范病人的样子。对住精神病院已颇有经验的徐为知道，只有活成一个人畜无害的模范病人，后面的一切才有可能。

康复院里有一位自建立之初就住了进来的资深病友，平时兼任康复院的总务，负责给病人发发东西、分分点心。总务是个外开放的病友，周末可以回家，周末结束再自行回来。

随着康复院里病人数量增多，总务需要一个帮手，选中了模范病人徐为。他开始帮总务做事，渐渐变得像康复院里的半个工作人员，和医生护士建立起一种不同于医患之间的人际关系。有了不一样的身份，不一样的人际关系，他的长远规划第一阶段进行得顺利。

长远规划的第二步，是要拿回自己的证件。徐为的身份证在入院的那天被收走了。他知道，要想在逃出去之后顺利地生活，一定要想办法把自己的证件拿回来。因为早早怀有这样的想法，当康复院组织病人重拍身份证照片的时候，他立刻抓住机会，拿回了自己的身份证。除运气之外，他的模范病人人设也让医护们放下了对他的戒心。

长远规划的第三步，钱。钱的重要性显而易见，过去那些逃出去又被送回来的病友，多半是因为身上没有钱，无法在外面独自生活。但是，在康复院里要怎么挣钱呢？

病友之间最抢手的东西是香烟。康复院里物资匮乏，连个小卖部都没有，想抽烟，只能想办法从外面买进来。徐为看准这个商机，靠着给总务做帮手建立起来的人脉，拜托护士们和总务帮他买烟带进康复院，他再把这些烟转卖给病友，从中赚个差价。在康复院里，香烟几乎是硬通货。所以买烟这个特权不仅让他赚到了钱，也让他在病友中有了威望。

除了香烟贸易，徐为还承接了康复院上下200多号病人的理发业务。起初，院长说一个月给徐为30元钱作为理发补贴。徐为掐指一算，觉得太少，一个月30元钱，买烟都不够。他去和院长谈价钱，说："全院200多个头都是我理，少说也要给我一天一包大前门吧。"软磨硬泡下，院长答应每个月给他60元钱。给200多个人理发，每个月只收60元钱，这样的事情若是放到康复院外面，简直不敢想象。但对于康复院里的徐为而言，却是来之不易的、通往自由之路的铺路石。

有了身份、人脉、特权、威望，还有一点小钱的徐为，成了康复院里的病头。但徐为不贪恋这康复院铁门内的"荣华富贵"，始终记得自己最初的念头，要走到这铁门外，获得真正的自由。

七

2005年，徐为正在自己长远规划的道路上艰难前行。4月的一天，他和总务站在院子里，看见一辆车停在康复院的铁门外，工作人员正把一个年轻姑娘一把从车里拽下来。

有经验的病友都知道，那个被拽下来的姑娘即将加入他们。徐为第一眼看到那个姑娘时觉得她还像个孩子，跟总务说："哎呀，怎么连小孩子都送进来？"后来病友告诉他，这个新同伴只是显得小，其实已经结过婚又离了婚，孩子都16岁了。

这个新病友是春春。她看起来确实比实际年龄小很多，带着一点婴儿肥，有一双笑起来弯弯的眼睛，说起话来温柔腼腆，像春天树林里毛茸茸的小兔子。后来，春春成了徐为的女朋友，二人在康复院里同甘共苦相伴多年。徐为说他和春春是一见钟情。如果他们相信丘比特的存在，2005年的那个春天，一定有一个瞬间，他的心被什么东西扎了一下。

两人住在不同的病房，每天放风的时候才能在一起。康复院里的小花园、小操场、徐为和总务干活的总务室，都是他们约会的地方。徐为干活时会带上春春，两个人配合起来做事麻利，时不时会故作嫌弃地对形单影只的总务说："你怎么这么磨蹭！"

丘比特之箭不仅连起了他俩的心，也让康复院里的医护们乱了一下方寸，公然在精神康复院里谈恋爱，这可是大事。医护们团结一心要让这样的事情空前并且绝后。护士们每次看到徐为和春春坐在一起，就会说："分开，不能坐在一起！"医生们更凶，召集病人们开大会小会，医生明里含沙射影地抨击他们的恋情。即使无法将他们分开，也要补上一嘴："就你们俩？做梦去吧！"医护们仿佛变身中学里抓早恋的教导主任，而徐为和春春把一切阻拦当作耳旁风，硬生生顶住了一切压力。

春春说："这一路，是我们闯出来的！"她一向腼腆，但说这句话的时候，她像一个和教导主任斗智斗勇最终因爱得胜的高中女生，眼睛里闪着星星。

徐为的长远规划打了一个转向。他没有因为爱情而放弃原计划，而是决心和她一起出逃。

八

想要两个人一起逃出去，徐为之前的长远规划就要修改。

首先是要存钱，最主要的也是存钱。在之前的规划里，钱还没有那么重要，如果自己一个人逃出去，到东到西没有牵挂，只要有一点钱不至于饿死就可以。但有了春春，一切不一样了。在新规划里，他们出去以后肯定不能很快找到工作，所以要有一笔存款能够租房子，买好一点的衣服……徐为自己不介意风餐露宿，但他一定要让春春干净体面，有个屋檐。

于是徐为想尽一切办法在存钱的路上狂奔。一边是节流，他基本不怎么用钱，连烟都抽得少了。食堂里卖5元钱一份的水果，别的病友一天吃两三份，他就买一份，给春春吃。另一边是开源，他的香烟贸易已是康复院里的老字号，每一单赚3元、5元。后来他开拓了餐饮业务，帮病友从外面买生煎点心带进来，每一单赚1元、2元。病友们有时打牌小赌，在澳洲赌场经历过大风大浪的他也加入进去，一般能赢个5元、10元。他觉得靠赌博赚来的是"黑色收入"，但也管不了这么多了。

不仅徐为横跨康复院"黑白两道"卖力赚钱，春春也在边上实力助攻。家里人给她零花钱，她如数交给徐为存着；家人送来好一点的零食、茶叶，她也全给徐为去卖钱。所有的钱都存在徐为那里。

多年以后，当春春被问到，当时怎么这么相信徐为，怎么不担心他卷走一起存下的钱远走高飞，春春只是笑，说："老徐每天会和我报告说存下了多少钱，存到多少钱我们就出去。"和徐为不一样，春春家里人会定期过来探访，想要出去不会那么难。可她家人当时无法接受她在康复院里遇到的爱人。所以，春春死心塌地地决定，和徐为一起逃跑。

除了钱，徐为的长远规划里还有一件头等大事，自由出入康复院的特权，还得是两个人的。

这样的特权必然能让逃跑大计如虎添翼，但这种特权也是可遇而不可求的。他苦心经营的模范病人人设再一次起了作用。有一次，康复院的护士选中徐为，让他陪同病友外出看病。这就是特权的开始。

康复院地处偏僻，每次有病友出去看病，徐为都得走到附近的大马路上帮护士和病友打车。到医院以后，挂号一类的事也由徐为包办。虽然心中切切渴望的自由近在咫尺，但他还是稳稳地沉住了气，一点都没有表现出想借机逃走的样子，完事又规规矩矩回来。一年多以后，他终于有了独自外出的特权。

跟医生护士打一声招呼，徐为就可以出去溜达一圈，帮病友买一点生煎点心，只要当天回来就可以。他还神不知鬼不觉去附近两家不同的银行，办了两张银行卡，把之前和春春一起攒下的钱存进不同的银行卡里。

走得最远的一次，他搭上地铁，直奔市中心。这也是他长远规划里的一部分，去市中心的核心任务是购物。他给自己和春春买了几件比较贵的衣服，花300多元钱给春春买了一双好一点的皮鞋。他觉得逃出去以后至少要穿得像个正常人，不能让人一看就猜到他们是从精神病院里逃出来的。

置办好"正常人"的行头，徐为还做了一项重大的投资，买手机。那时，他们两人这里1元那里2元地攒钱，每个月最多只能攒几百元，恨不得1元钱掰成两半花。但在买手机这件事上，他毫不含糊，大手笔斥巨资1980元钱，买了一部能打电话、上网、看电视的智能手机。

康复院里没有电视、电脑，更没有哪个病友有手机。在这样一个被信息时代遗忘的小世界里，拥有智能手机的徐为，简直像一个高科技傍身的未来人。为什么要花掉几个月才能攒下的钱去买一部智能手机？这里面有他的深谋远虑。要想在外面顺利生活，他们需要随时关注新闻，万一新闻里"通缉"他们了，他们就能赶快想对策。所以，一个能打电话、能看电视、能上网的智能手机并不是奢侈品，而是他们的刚需。

在那段时间里，有一件事情让徐为非常伤脑筋："我是有特权的，可以随便进进出出，可是我要怎么带着春春这么一个大活人在这么多人的眼皮子底下出去呢？"

　　绞尽脑汁，他俩想出了一个点子：买早点。徐为长期在康复院里发展餐饮业务，他出去买个早点顺便帮病友带一点，谁都不会觉得奇怪。他决定利用这个有利条件，在买早点的时候带着春春出去。

　　有一天凌晨4点半，徐为和春春走到康复院门口，跟门房的值班阿姨说，他们肚子饿了，要出去买早点。那时他俩恋爱已经四年多，是院里的模范情侣。值班阿姨知道，徐为出去买早点是正常的，可他要带着春春一起去，不符合规定。但值班阿姨便只当他们处于热恋、粘着对方，睁只眼闭只眼放他们出去了。

　　致力于长远规划的徐为，没有在第一次买早点时就带着春春有去无回。他们不仅规规矩矩回到康复院，还给值班阿姨带了一份早点。从那以后，他们每天凌晨4点半一起出去买早点，每天都给值班阿姨带一点，每天都规规矩矩地回来。他们用了整整一年的时间，让所有的值班阿姨都习惯了他们凌晨4点半一起出去买早点的行为，并相信他们只是单纯出去买早点，一定有去有回。

　　有了必要的装备和特权，徐为开始担心他和春春的身体。好的体能，是顺利出逃的本钱。大约在2010年前后，徐为在康复院里放出风声说："唉，我这身体也是越来越差了，是时候锻炼锻炼了啊。"放了一阵风后，徐为和春春开始锻炼身体。他们不敢一下子锻炼起来，怕变化太大，引起医生和护士的怀疑。所以，刚开始的时候，他们只是每天早晨绕着小操场跑半个小时。等医生和护士习惯他们每天跑步的行为后，他们循序渐进地增加强度，强度最大时每天跑上六七圈。

　　那时，徐为和春春启动这项不可能完成的任务已经五个春秋了。他们用五年时间，基本落实了出逃大计里的每一个环节：攒下了近3万元钱，买了智能手机，有像样的衣服裤子，能在凌晨4点半手牵手光明正大地走出康复院。最重要的是，他们仍然在一起，是彼此最信任的人。

这五年间，徐为有无数次机会可以独自远走高飞。他有自由走出康复院的特权，身上有身份证、银行卡、手机、现金。若换上一套像"正常人"的衣服，融入康复院外的滚滚人潮里再也不回头，或许他早就自由了。

那是徐为渴求了很久的自由世界，只是那样的自由世界里没有春春，他便一直没有进去。

九

2011年2月10日，正月初八，这是徐为和春春准备出逃的日子。那时候火车实名制刚刚推行，徐为用手机上网查到春节假期结束的第一天，买火车票没有严格的实名制。他们的目的地是广州，因为那里的冬天暖和，不用花很多钱买厚的衣服裤子。生活用度也相对便宜，实在碰到困难找不到住处，还有可能在外面扛一扛，不像在寒冷的城市，连躲的地方都没有。

出逃前夜，徐为和春春仍然在各自的病房里，心中满是兴奋和紧张，度过了一个不眠之夜。

大约凌晨4点，徐为起床，和过去这一年里的每一天一样，他们在凌晨4点半的时候手牵手走到康复院门口，告诉值班阿姨，他们要去买早点。和过去这一年里的每一天一样，阿姨打开了康复院的铁门。和过去这一年里的每一天不一样的是，他们心里知道，这将是一次有去无回的"买早点"。

一出康复院的大门，他们便立刻到附近的大路上，拦了一辆出租车，直奔银行的ATM机。徐为从两张银行卡里共取了18000元钱，加上他们手里原有的现金，总共有差不多3万元钱。他一早就想好，出逃时不能用银行卡，要用现金，这样不容易被人找到。

取完钱，他们又拦了一辆出租车，冲向上海南站。到达南站的售票处，他们买到了早晨9点10分发车前往广州的火车票。一切都如徐为计划的那样，一气呵成、畅通无阻。

终于，徐为和春春一起逃出了康复院，真真切切站在距康复院十几公里的上海南站里，手里攥着南下广州的车票。这项不可能完成的任务到此刻已经完成了99%，就等时候到了，火车进站。一旦踏上那辆火车，从此都是自由。

早春凌晨的上海南站还是漆黑一片，大部分店铺没有开门。徐为和春春觉得又冷又饿，在车站小卖部里买了两碗泡面，果腹、取暖。经过一个不眠之夜和凌晨出逃的一路颠簸，兴奋和紧张在此刻化作疲乏困倦，朝他们涌来。他们坐在南站候车厅的座椅上，渐渐打起了瞌睡。

徐为在心里知道这是不对的。他想："我们不应该坐在固定的地方啊，而应该换位置，不断绕着南站兜兜逛逛，只有这样，我们才不容易被人发现，才安全。"可他实在太困了，一点都挪不动了。好像又有人在他脑子里打出一行字幕："不能坐在这里了，有人在找我们。"然而他连动一下的力气都没有了。两人就这样在上海南站候车室的椅子上睡着了。

他们被人推醒的时候大约是早晨7点。睁开眼，站在面前的是他们再熟悉不过的人——康复院的医生。医生边上还有一个护士，两个人，也没有说话，就站在他们两个人面前。这些年的一切都戛然而止，没有人能明白徐为和春春在那一刻所体会到的绝望。

徐为对春春说："安静一点，跟他们走。他们只要指着我们大喊一声'精神病'，我们硬逃也不可能逃掉。"

十

徐为和春春被医生抓回康复院。

春春被关在康复院的第一间，24小时不关灯。徐为被关在康复院的最后一间，24小时不开灯。徐为那个房间，晚上即便不开灯也明晃晃的，根本睡不好觉。没有事情可做，他就在房里跑步，跑房间的对角线。

康复院的医护们勒令徐为和春春分手，否则一直关他们禁闭。他俩被分开禁闭，没法通气，但都态度坚决："我们绝对不分手。"医护拗不过他们，一个星期后把他们放了出来。

除了这一个星期的禁闭，他们为这次失败逃跑付出的另一个代价是，之前享有的特权被全部取消。

靠自己逃不出去，徐为开始联系媒体。他给各个大小媒体打了一轮电话，只要是能查到号码的，他都打了一遍。有一些根本不理他，有一些告诉他会找记者跟进，但之后没有记者来联系他。

他又去找残联，希望残联能够帮助他出院。但残联负责人对他说："你是精神病人，你要叫你的监护人和我谈。"徐为觉得荒谬，就是监护人把他送进来的，怎么会愿意接他走？

早在很多年前，徐为就符合康复院的出院标准了。但康复院的惯例是谁送来谁接走，谁把人送进来，谁就是康复院认定的监护人。即使病人符合出院标准，只要监护人不肯接走，康复院也不会放人。

当初把徐为送进康复院的是他的父亲。父亲2008年去世以后，康复院认定徐为的大哥是他的监护人。徐为能不能出院，由大哥说了算。康复院和大哥联系过很多次，告诉他徐为能够出院了。可他的态度很决绝：不接，就是不接。

徐父去世后留下两套房子，徐为的大哥把两套房子出租，租金都收在自己手里。徐为一直住在康复院里，大哥就能一直收租，徐为连租金的影子都摸不到。

徐为转而寻找律师，希望法律能够把他"捞出去"。很多律师听说是一个精神病人要打官司告自己的监护人，就像听到痴人说梦一样。有个律师来到康复院，声称可以帮助他，开价11000元钱，却连个正式合同都没有拿出来。不过徐为愿意给他钱，他想，就当买个希望吧。护士都看不下去了，硬是帮他把钱要了回来。后来又来了一个律师，先开价5000元钱，后追加2000元钱，依然没有签合同，只给他写了一个收据。收了钱，这个律师潦潦草草帮他打了一次官司，结果把他的监护权正式判给了他大哥。

就在徐为恨不能挖地三尺找到一个能帮他出院的人的时候，康复院的院长也没有闲着。那次出逃未遂事件后，院长觉得徐为不是一盏省油的灯，要是他再逃几次，康复院也吃不消。于是院长也开始想办法，希望有人能接徐为出院。

大哥不愿意接，甚至立下字据：把徐为关在康复院里，出了什么事情我负责。徐为的二哥生活在外地，说自己身体欠佳，没有能力照顾徐为，让他待在康复院里吧。徐为家所在的居委会则表示，小区里住着几个精神病人了，没有能力多照顾一个，还是让他住在康复院里比较好。没有人愿意帮助徐为出院，院长便死心了。

见识过冷漠的媒体、死胡同里的残联、牛鬼蛇神一般的各路律师，输掉一场官司，徐为一度陷入绝望。但他还没有死心。

后来徐为听说有一部《精神卫生法》即将出台，里面第五条写着："任何组织或者个人不得歧视、侮辱、虐待精神障碍患者，不得非法限制精神障碍患者的人身自由。" 他觉得这部法律可能对他有帮助，希望又被点燃。顺着这个方向，他找到一家关注《精神卫生法》的公益机构，也就是我当时所在的实习单位，希望我们能够帮助他，走正规的法律途径争取出院。

2013年，我们给徐为联系了一位愿意免费代理他这件案子的律师。律师去康复院和徐为签了一份合同，徐为将康复院和他大哥告上法院。2013年9月17日，法律程序启动。2013年12月20日，法院送达立案通知书。

从立案到一审开庭，用了大半年。一审法院原定于2014年11月25日宣判，结果跳票了。一直等到2015年4月，同事告诉我，徐为的案子终于要判了。我觉得徐为应该是稳赢的，医院有记录证明他早已符合出院标准，而他的大哥和他有利益冲突，这些事实再清楚不过了。

法律和舆论也在朝着对徐为有利的方向发展。他的官司被称为"《精神卫生法》第一案"，之前那些对他不理不睬的媒体争相报道他，甚至有人到康复院看望他。

徐为的案子一打就是两年，我已经结束了公益机构的坐班实习开始在国外念书。判决日前夜，我想，等我早晨起床的时候，同事们应该已经在庆祝徐为胜诉了。可是一觉醒来，我只看到一张照片，那是我第一次看到徐为其人的样子。

照片里，徐为站在康复院的铁门内，他个子很高，头发有点灰白了。他双脚并拢，认认真真地站着，背已经有一点驼了。他的律师站在康复院的铁门外，向他送达一审判决书，徐为败诉。

法院认定徐为住在康复院里是合理的，大哥作为徐为的监护人，将徐为安置在康复院里就已经尽到了作为监护人的职责。这再一次将徐为能否出院的决定权，交在大哥手里。

徐为不服，上诉。

二审依然败诉。

徐为仍不服，于是他的律师申请再审，申请抗诉。

均驳回。

直到2016年5月，徐为和他的律师走完了所有可走的法律程序，彻彻底底以失败告终。

法院认为，如果监护人不同意，那带着精神病人帽子的徐为，应该继续留在康复院里。判决书里罗列了诸多理由，但归根结底，其实就是大部分人在一件事上的高度一致——毕竟是个精神病人啊，放出来了，万一出事呢？

那之后，当我和别人讲起徐为的故事，忽然发现故事的开头已经从10年变成了"我跟你说一个很传奇的人，他在精神康复院里住了快14年……"我不再关心他到底能不能出来，我更想知道的是，在这漫长的诉讼里、一波接一波的等待和失望里，他会不会被击垮？

当年围在一起感叹的同事们，都在各自的生活里飞快地奔跑。有人结婚，有人生子，有人去远方继续学业。似乎只有徐为，被困在一个时间停滞的平行世界里，日复一日的康复院生活依然没有尽头。

十一

2015年和2016年，是徐为迄今为止生命中最难熬的两年。为了出院，他把康复院和自己的大哥告上法庭。和大哥对簿公堂，亲情从此断了；和康复院对簿公堂，但徐为还住在康复院里，双方陷入一种诡异的博弈。整个官司以失败告终，徐为仿佛听见康复院的铁门哐当一声关上，彻彻底底、严严实实地把自由世界关在铁门外，出也出不去，活也活不好，死又死不了。

还记得1994年时，徐为曾在澳洲落难，赌博输光所有的钱，独在异乡没有亲朋、没有住处。他想去流浪当乞丐，结果发现地广人稀的澳洲对乞丐并不友好，流浪了半天也看不到人和车，乞丐都活不下去。但相比起被困在康复院里有吃有住的日子，他觉得，还是1994年落难的时候好，毕竟那时有自由。

唯一的慰藉，是春春一直陪在他身边。他们在一起10年，如果没有春春，徐为也许早就想办法死掉算了。10年前他第一次看到春春的时候，怎么也想不到，这个看起来还像个孩子的姑娘多年后会成为他活下去的支点。

2016年，徐为找到他的律师，他还是要争取出院，再试一次，最后一次。律师把所有可能的方法都想了个遍，最终和他决定，再启动一个法律程序，要求法院撤销大哥的监护权，把是否出院的决定权争取回自己手上。

在这个程序里，最关键的一环是徐为要做一次司法鉴定，只有当他被鉴定为完全民事行为能力人，后面的路才能走通。对于这个鉴定，几乎所有人都不看好。在徐为之前打的两场官司里，他已经被鉴定过两次了，两次的结果都不理想。这一点并不奇怪，一旦被贴上精神病人的标签，就没有什么人能顺利通过这个鉴定。

但在2017年7月6日，徐为从最初在精神康复院里发展香烟贸易、开拓餐饮业务，到后来成为康复院里第一个谈恋爱、第一个用智能手机、第一个带着另一个大活人光明正大逃跑、第一个聘请律师的人，变成了第一个被鉴定为具有完全民事行为能力的精神病人。

徐为拿到的司法鉴定结果上面，清清楚楚地写着：被鉴定人患有精神分裂症，目前病情缓解，应评定为具有完全民事行为能力。

走到这一步，他坚持了15年。

可徐为并不着急正式出院，他还在康复院里多待了两个多月。并不是因为他留恋这生活了15年的康复院，也不是因为他做事拖拉。他心里比谁都急，怕夜长梦多，怕院长变卦，怕那个来之不易的鉴定结果失效。但他还是要留在康复院里，因为春春出院的事情还没有解决。他坚持一定要两个人一起走。"如果我一个人出来了，春春在里面关一辈子，要受苦，我在外面也要苦一辈子。"

春春的监护人是她的哥哥，没时间照顾她，所以不同意春春出院。律师出了个主意，把春春的监护人变更为她的儿子。最终在2017年9月26日春春也拿到了出院的获准，慢慢地，春春家人接受了这一段爱情长跑。

徐为和春春终于实现了一起出院的大目标。9月27日，在律师和春春家人的陪同下，他们拎着大包小包，昂首挺胸走出康复院的大铁门。从铁门内到铁门外不过一两步的距离，他们却走了十多年。还好，他们仍然在一起。从那以后，他们有自由，两个人在一起的地方，就是家。

新天新地，一切都是新的了。

两天后，徐为记录下了他这一天的生活：

"今天东西差不多买全了，开始自己做饭吃。今天买了一把空心菜6元一斤，两个灯笼青椒7元一斤，一块鸡胸10元一斤花了4.5元，一点姜一个大蒜头3元，两斤鸡蛋每斤5元，一瓶烧菜酒5元。总共差不多花了40元。平常日子真好。"

（为保护主人公隐私，徐为、春春均为化名）

末路父子

张　强

一

我和同事带着熊光军窝在一辆年头久远的桑塔纳车里，已经两个钟头，空调失灵，热浪汹涌，困意阵阵袭来。从警10年，我已经习惯了这种疲倦，摸口袋准备抽烟提神。同事辉仔摁住打火机，冲着棚户区的入口努努下巴，向我示意：有人来了。

几个小时前，熊光军举报棚户区有人藏毒贩毒。

棚户区紧邻长江，位置极佳，交通便利，被两家综合性医院和一所重点学校包围。开发商很早就看中了这里，拆迁工程进展到一半，不知为何突然放弃这个项目。现在从高处俯视，有数十排已经被砸的和还没来得及动工的红砖房，像留在地面的一块猩红伤疤。多年过去，政府管理部门人员更迭，但没有新的开发商接手，棚户区的荒草肆意生长，渐渐失去了这座城市的宠溺。

在棚户区逗留的人越来越少，发生过几起专门针对路人和夜跑者的抢劫案、性侵案。虽然案件很快侦破，此处却彻底沦为人们即使抄近道都不会选择的无人区，也成为那些渴望远离人群的罪恶的栖身之地。

二

那天早些时候，我和辉仔到某小区发传单。

随意走进一栋楼房，辉仔腋下夹着厚厚一沓彩印宣传单，抬头盯住显示楼层和日期的LED屏幕，日期与宣传单标题吻合——"6·26国际禁毒日，全球行动共建无毒品安全社区"。

电梯到达一楼时，身后过来两男一女，均是二十出头的年纪。两名男性站在我的左后方，女性则刻意与他们保持一定距离，站在右后方。电梯门打开，两名男性紧随我和辉仔进入，女性稍作停顿，犹豫着踏步进来。

"去几楼？"辉仔站在楼层按键键盘旁问我。

"去顶层吧，从上往下贴比较轻松，多贴几张，提高视觉冲击力，反正这东西也不值几个钱。"我一边说着一边抽出传单，在手里晃了晃。

说话间，两名男性中个头较矮的那位正从我和辉仔之间探出身子，手指朝着顶层的按键戳过去，听到我所说的话、瞥见我手中挥舞的传单，他偏移指尖方向点在中间楼层按键上。

电梯关门，履带与滚轮开始发出沉闷的摩擦声。轿厢顶灯坏了一截，辉仔鼻翼翕动，脸色在昏暗的灯光下显得不太好看。

电梯很快到达中间楼层，这一次女性没有迟疑，低头紧随两名男性离开轿厢。这栋公寓每层有三户，两名男性勾肩搭背拐向右侧那一户，而女性走出电梯后先是朝左侧方向迈出两三步，尴尬掉头，也向右侧那一户走去。

电梯继续上行，辉仔问我："你没觉得刚才那三个人有问题？"

"哦？有吗？"

"不会错的，长期吸毒的人由于毒品进入内分泌系统，血液里、脏器壁都会附着毒品残留，散发出类似发霉的腐臭味，刚才那三个人身上就有。我闻得出来。而且，他们刚才明明是准备去顶层的，看到传单才临时改变了楼层，刚才他们在下电梯的那一层，明显没有商量好该怎么走。"

越说越兴奋的辉仔，拨通单位电话求援，并且撂下狠话："信我一回，顶楼左边那户肯定有问题，错了责任我扛。"

两个小时后，开锁公司解除那户的反锁，厚重烟气夹杂着麻古的气味，从大门喷涌而出。打火机、锡箔纸和自制"冰壶"散落在地板上，歪七扭八地躺着神色迷离的两男一女。

其中矮个子的男性，叫熊光军，20岁。据另外两个人交代，今晚"溜冰"的货，都是他提供的。

涉毒案件，挖毒源是关键。我在审讯室里递给他一支烟，试图以尽量亲密的姿态开始难度最大的摸上线审讯。

熊光军一口吸去半支烟，重重吐向半空，直说："警官，不劳您费心。货，是翔子给我的，50岁，真名不知道，没有联系方式，不知道住哪儿，但我知道他存货的地方，现在不到2点，过去守他，正好合适。他开一辆无牌照的银色奥拓，天亮之前肯定会到。"

熊光军的回答都是短句，声音利落，简洁清晰，没有丝毫犹豫，像朗诵私下练习过多次的腹稿，我在纸上只记录关键词都赶不上他的语速。

"存货地点在哪里？"

"棚户区。"

"我怎么相信你说的是真话？"

"我带你们去。"

三

我们在棚户区蹲守到凌晨4点的时候，熊光军突然指着前面一辆模糊的车影说："就是他。"那辆汽车背朝我们停在大约50米开外，这么远的距离，我们都看不太清楚，但他斩钉截铁地说自己不会认错。

让协警给熊光军加戴脚镣之后，我和辉仔揣上警棍、手铐下了车。我们猫着腰靠近那辆奥拓，我往副驾驶车门方向移动，辉仔去了主驾驶一侧。在配合上我们出现一点不默契，我刚走到车尾，他就已经动手拉了车门，车门并未解锁。驾驶人意识到有人拉车门，急忙发动倒车，试图把外面的人撞开。

辉仔向后弹起，躲开车头，驾驶人却不知道车尾处也有人在。我被车尾刮倒，一只鞋子被车轮卷入车底。我在地上一边大喊"停车！停车！"，一边狼狈向后倒退。

辉仔意识到我处于危险中，掏出警棍扑上去击碎主驾驶的车窗，紧接着迅速勒住嫌疑人颈部，发力将他向车窗外提起，迫使他松开了踩在油门上的脚。我顾不上去找丢失的鞋子，爬起来光着一只脚赶到辉仔那边，把那人从车窗拽出，死死压在地上。刚刚车轮扬起的烟尘还未散尽，三个人没有力气说话，自顾自地大口喘气。

"你他妈活腻啦，警察也敢撞！"缓过神来的我没忍住给了他一巴掌，还想打第二下时被辉仔拦住。上铐，搜身，检查口腔、头发和领口是否藏有刀片，一套程序走完，我的气也消了大半。

驾驶人的随身物品里没有身份证，我们在车上找到一本驾照，姓名那一栏填写的是"熊凤翔"。我和辉仔同时发出惊呼。这个名字，我们几个小时前抓获熊光军，查询他户籍信息时看到过，出现在标题为"父"的关系栏中。

"警官，对不起，我不知道你们是警察，我平时吸毒没少被抓，只能靠'点水'（举报其他吸毒和贩毒人员）来减免处罚，我以为你们是被我点过水的来报仇了，所以……"双手抱头蹲在地上的熊凤翔，一边向我道歉一边挑起右眼角，瞄了一眼顶在额前的警官证，反而松了一口气。

"今天找你不是为了吸毒的事儿，你自己想想还有什么其他事儿。"辉仔打断熊凤翔，没有停下搜车的动作，同时直接进入正题。

"其他事儿？盗窃吗？我在派出所都交代过了。"

"爷们儿一点，上点硬菜。"我直接挑明有人举报他贩毒，并且明确指出棚户区是他的藏毒地点。

天光微亮，熊凤翔脸色凝重地愣在夏日清晨温热的风里，全身竟瑟瑟发抖起来，不停用牙齿撕扯干裂的嘴皮。

沉默大约1分钟，熊凤翔问我要了一支烟。"我知道谁举报的我，因为只有他知道这个地方。毒品确实是我给的，但只是给，并不是卖。"

"真不是人！"辉仔骂了一句。

这层窗户纸既然已经捅破，情况属实的话也很难够得上贩卖毒品罪，就不需要保护举报人信息了。无论是否构成刑事案件，藏匿的毒品都必须交出来销毁，于是我们让协警把熊光军带来，押着父子二人一前一后进入棚户区寻找藏毒地点。

　　父子二人一路上没有言语，也没有眼神交流。

四

　　我们走进一座尚未拆迁的砖房。这房子被油漆脱落的木质板分隔成客厅和里屋两间，外加一间厕所。砖房内有款式落伍的沙发和霉味浓烈的家具，锅碗瓢盆齐全，但看得出来已经很久无人使用了。

　　从进门处到里屋的地面上，散落着近百支长或短、粗或细、新或旧的针管，我们每一步都必须小心翼翼落脚。辉仔和协警带着熊凤翔在客厅搜查，我带着熊光军进了里屋。

　　里屋有张木板床，熊光军进入里屋后似乎忘记了自己的处境，在没有征得我同意的情况下，很自然地半躺在床头。他告诉我："这里是我家，童年就是在这个房间里度过的。我很小的时候他就开始吸毒，跟他同时期的毒友，现在已经死得差不多了。"

　　1992年，熊光军在离这里不远处的医院出生。熊凤翔那时在广东打工，已经染上毒瘾，不敢回家，只在熊光军出生当天出现了一次。再次出现，是这一片区域被市里规划拆迁的时候。

　　当年棚户区的开发商中途跑路，但之前已经完成了拆迁补偿。当时有还房和货币两种补偿形式，熊凤翔选择了货币补偿，因为这些钱可以用来买毒品。"我妈是那时候走的，现在我已经想不起来她长什么样了。"熊光军说。

　　妻子走后，熊凤翔辞去工作，下决心戒毒，抚养熊光军。那时本地没有专门的戒毒机构，他只能按时到医疗部门领取戒毒药物美沙酮，在家自行戒断。

戒毒比想象中要难，熊凤翔没能成功。出于保护儿子的目的，他每次吸毒，都会把儿子骗进房间。"房间里放了好吃的"，这是他的惯用伎俩，其实不过是些廉价饼干和果奶。可他并不知道，那时他还处于毒品依赖的低级阶段，主要采取烫吸（将毒品放在锡箔纸上加热）的方式吸食毒品，而高温炙烤下的毒品会进入空气，舞动着可以变幻成任何物质状态的触须，穿过房门，潜入里屋，吞噬着一具正在发育的躯体。

熊光军的童年记忆中，家里总有一股特殊的味道。时间长了，年幼的熊光军会向父亲抱怨身体不舒服，父亲只说自己以后会少在家里抽烟。读初中时熊光军和男同学躲在厕所里，抽了一支从班主任那里偷来的香烟，发现和家里的味道完全不一样，也根本缓解不了不时袭来的周身困顿。

年少的熊光军并没有意识到，自己已经有了轻微毒瘾。他经常会出现精神恍惚和身体不适的情况，但可能因为年轻，身体恢复能力强。而熊凤翔在家中吸毒频率越来越高，间接提供了源源不断的二手毒品。

在长期的二手毒品危害下，熊光军的身心发育都不及同龄人，智力低于其他孩子，愿意与他做朋友的人很少。因为他姓熊，老师和同学明里暗里给他起了个"熊傻子"的外号。

"我除了上学，几乎不出去玩。每次不得不听他命令待在这里的时候，我只能看窗外，外面全是高楼，全是人，全是车，我喜欢这种热闹。"熊光军说这句话时，目光久久停留在窗外不远处林立的高楼之上。

"有几次可能吸上头了，我觉得这间屋子好像变得热闹起来，客厅里屋都是人，母亲也回来了，那种感觉真好。"

18岁高中毕业，熊光军没有考上大学，也没有参加工作。有一天他无意中在家里翻出父亲藏匿的冰毒，学着无数次从门缝里窥见父亲的手法操作一番，记忆里熟悉的味道、香烟从来给不了的过瘾、那些臆想出来的热闹，重新浮现。

八个月后的某天，熊凤翔毒瘾发作，找不到自己预先藏在沙发缝里的毒品，却在儿子枕头下找到已经空空如也的PVC包装袋（一种经常用来分装毒品的自带封口的塑料袋），才知道儿子正在重蹈他的覆辙。

父亲揍过他、饿过他，还把他反锁在屋子里。可每次看到他毒瘾发作的样子，想到自己也难以忍受毒瘾的折磨，最后选择了放任。回忆到这里，熊光军打开床头的一个小铁盒，"我的毒品都是他提供的，每次我回到这里打开这个铁盒，里面肯定有货"。

忽然，熊光军意识到自己是一名被警察抓获的吸毒人员，急忙从床上起身，学着熊凤翔被我们抓获时的模样，双手抱头蹲下，轻声道歉。整个对话过程，熊光军没有使用过诸如"爸爸""父亲"这些字眼，始终用"他"指代熊凤翔。

五

屋内搜到的毒品不算多，辉仔用随身携带的电子秤称重，客厅搜出冰毒0.6克、麻古1颗，里屋搜出冰毒2.1克、麻古2颗。还真是一个另类的好爸爸，吸毒还要把多的那一份留给儿子。我暗自觉得可笑。

回到单位，辉仔做完熊凤翔的笔录后，我一边翻看笔录一边跟他聊了几句。

熊凤翔20世纪90年代初接触毒品，早期主要吸食海洛因，其间也尝试过大麻叶和K粉，新型毒品出现后改为以吸食冰毒为主，吸毒方式也从早期的烫吸变成注射。

此时被铐在审讯椅上的熊凤翔毒瘾刚刚过劲，惧怕光源，正扭动着身体躲避正面照过来的灯光。他上半身穿篮球背心，外面是一件深色薄纱外套，下身粗麻材质的长裤扎进袜子和套鞋里，与夏季极其不符。审讯室内空气不流通，他向我申请脱掉外套，我同意了。

熊凤翔尽量让动作缓慢，屏住呼吸、咬牙切齿地隐忍住来自衣服内侧的撕裂感。外套褪下，我才发现他因长期吸毒已经体表溃烂，手臂、背部均有肉眼可见的血洞，流出血与脓的混合液体，散发着轻微腐臭。不能接触阳光，又需要保持透气性，所以才选择薄纱这种与男性不相符的材质的外套。

"我不希望儿子变成我这样。"他通过大口呼吸的方式缓解疼痛，汗水顺着侧脸滑落。

熊凤翔发现儿子吸毒后，两次自费送他去戒毒。但他丧失劳动能力，没有资金来源，只能通过一些犯罪的方式赚钱。在医院里盗窃熟睡病人的手提包，是他的常用手段，他心里明白偷的很有可能是别人的救命钱，但转念一想这笔钱可以救自己的儿子，便无所顾忌。

偷来的钱毕竟不是固定收入，儿子两次自愿戒毒最终都是因为资金不够而中断。可熊凤翔没有停止盗窃行为，这成了他后期除低保外，获取毒资的主要来源。

"看见儿子走上我的老路，真的很伤心，可惜我自己毒瘾太重，能帮他的不多。"熊凤翔一直坚持不让熊光军做两件事：一是接触供货人，"以贩养吸"在吸毒圈里太普遍，一旦贩毒被抓，量刑很重，甚至可能死刑，因此他坚持自己提供毒品给儿子；二是使用废旧针头，即使他再缺钱，也一定会购买未拆封的新针头给儿子使用，他不希望儿子染上恶性传染病。他始终保留儿子会改邪归正的希望。

熊凤翔的行为不构成贩毒罪，不过考虑到他自称有盗窃案底，我们便给他拍了一张正面照，发在全局的QQ群里，让其他兄弟单位比对一下，看他是否还有没交代的问题。

不一会儿，群里就有许多单位的同事冒出来调侃。"哟，这不是老熊嘛，又栽啦！""老油条了，狗改不了吃屎！"……其中有些同行提醒我："熊凤翔患有多种严重疾病，没有地方收，关不进去的，别忙活了。"

那时，因为一条题为《看守所在押人员"做梦死"》的新闻，我所在的这座小城的公安局被推到风口浪尖，之后包括拘留所、看守所、戒毒所在内的所有监管场所都出台了规定，对于身体患有严重疾病、传染性疾病的嫌疑人，一律不予收押。此类犯罪分子即使落网，也要强制变更为取保候审或监视居住状态，实质等同于放归社会（2016年，为解决此类矛盾，本地设立了监管医院，患有重大疾病的犯罪嫌疑人可以羁押在监管医院内）。

收到同行的提醒，我带熊凤翔去医院做了一系列检查，检查结果显示：HIV阳性、双肺重度肺结核、二期梅毒。

熊凤翔早就知道自己的身体状况，也知道只需说出自己得的这些病中的任何一种，就不会有监管场所敢接收他，这是他敢肆无忌惮犯罪的原因。从医院回单位的路上，他没有表现出如释重负的轻松，悄悄问我："我是完了，可我儿子还有救，你们要想办法把他关起来，帮他把毒戒掉啊。"

辉仔说得对，吸毒的人确实有种味道，熊凤翔在我身边说话时尽管我戴着四层口罩，但还是闻到了那味道。我有些厌恶地推开他，对他说："你儿子吸毒是你一手造成的，我建议你把车卖掉，花钱送你儿子去其他省戒毒，在本地戒毒所只会认识更多的毒友，出来复吸的可能性很高。另外，最重要的，我建议你……从此以后不要再见他，如果你想他过上正常人生活的话。"

熊凤翔思考良久，信誓旦旦地点点头："警官，我听你的，过几天我把那辆车卖了，你们帮我把钱转交给他，让他在戒毒所里过好一点。等他出来，估计我也死了。"

我给熊凤翔办理了监视居住，签字画押后他就可以离开。熊光军因为被认定为吸毒成瘾，办理了强制隔离戒毒，将在所里度过两年的时光。临出门前，熊凤翔向我申请再见一次儿子。熊光军作为需要关押的违法人员，不能在办案中心随意见面。我想了一个折中的办法，把熊光军带到辨认室的嫌疑人厅，而熊凤翔进入辨认人厅。

父子二人隔着一块只能单向透视的镜子面对面站立。并不知道在做什么的熊光军，独自一人站在布满身高标尺的嫌疑人厅里，四下张望，好奇又不安。熊凤翔前倾身体，双手支撑在镜面上，被毒品摧毁的身体已经无法支撑他号啕大哭，他只能轻声啜泣。他的手掌缓缓握成拳头在镜面上留下余温，呼出的水汽则在镜面上留下了痕迹。

"儿子，对不起。"这是熊凤翔留给熊光军的最后五个字。

此事发生大约半年后，熊凤翔死亡，而熊光军从此消失，我关注了本市每一个被抓的吸毒人员，从未见过熊光军的名字。至今已经快六年。

（文中人名均为化名）

传销三十六计：1040万的诱惑

唐　超

偷梁换柱

2012年7月1日，我接到前同事李姐的电话。那时我刚刚结束一家整形医院的销售工作，回到老家准备找媳妇，媳妇没有找到，只好在家无所事事。李姐说她看见我的QQ空间动态，特地给我打来电话。她说自己和朋友在南宁合伙开了一家整形医院，但是客流量总是提不上去，问我有没有兴趣去做销售。

过了两天，李姐给我传来许多张整形医院的图片，告诉我工资保底4000元钱，7%的提成另算。我心动了，买了当天去南宁的火车票。

凌晨4点，我到了南宁火车站，李姐在出口迎接，热情地帮我拎行李，还打了一辆出租车。一小时后，车在一个小区门口停下，我左顾右盼地跟着李姐走进小区。她带着我走进一栋楼，我们一前一后上了二楼。

已经是凌晨5点，推门进去，屋里依然有几个人在客厅看电视，甚至还有个四五岁的小孩在地板上堆积木。"这是我儿子，在这里读幼儿园，调皮得很。"李姐指向另外三个人，继续说，"这是我老公，你以后叫他黄哥，这两个是我的弟弟妹妹。大家在外面赚钱不容易，以后咱们就是一家人，你就跟着我叫他们弟弟妹妹吧。"

我被让到沙发中央，沙发坐垫上的皮革已经翻起，露出泛黄的海绵和生锈的弹簧。妹妹端来一串香蕉，弟弟坐在旁边问我坐火车累不累。我没有回答他，看着电视里播放的广告。窗户两边的角落摆放了两株摇钱树，长得很好。

这是一套三居室，李姐安排我和弟弟在一间卧室休息。上午醒来，李姐带我到附近的菜市场买菜，我发现很多操着外地口音的人，李姐颇有深意地说："这里没有企业和工厂，你说这么多人在这里怎么生存呀？"

吃完饭，我让李姐带我去整形医院，她笑着说："你今天刚来，着什么急呀，我先带你去市中心玩一玩。"

李姐带我爬到一座山的半山腰，指着对面的国际会展中心说："这就是东盟各国开会的地方，这足以说明国家对南宁的重视程度。"

在回来的出租车上，李姐说："假如你有钱会怎么办？要是我肯定会在南宁投资。"

"姐，你究竟在做什么生意？"我听得忐忑不安。

李姐像看透了我的心思，转过头看着我，说："你是不是以为这是传销？你作为我的朋友，帮我看看这究竟是不是传销，如果真是你也可以劝我回家呀。"

连环计

茶具是每个"家庭"的标配，一边喝茶，一边上课，能拉近彼此的距离。

第三天一早，有一个二十几岁的男生上门给我介绍生意。他坐在对面的单人沙发上，倒上茶水，示意我品尝。他看见我没有伸手，笑着说："你不要拘谨，咱们边喝茶边了解生意。"

他从茶几底下拿出一张白纸和一支水性笔，在纸上画了个柱状图形，接着说："这份生意是自愿连锁经营模式，它是由国家宏观调控建设西部大开发形成的。纯资本运作，五进三阶，投资69800元，两到三年后回报1040万。你花了69800元以后，马上退还19800元作为生活费。在这一到两年的时间里，你的唯一任务就是叫上三个人过来，让他们成为你的下线，当你的下线有600人后，你就可以'上总'，底薪6位数。"

李姐见我沉默，说："你有什么疑问尽管向老师提，他会帮你解答。"

"还不错。"我敷衍着。

李姐叹口气："你不要有抵触心理，我知道你听得云里雾里。"

接近下午2点，李姐带我出去上课，她在路上和遇到的很多人说着"早上好"。

"'早上好'是祝福对方早上总，上总就可以开始享受人生了。"

一位50岁左右的男人站在门前迎接我们，简单寒暄后，他递给我几张照片和一张工作证，上面显示他曾是某县级法院的庭长。他说自己在法院工作二十多年，但一直受到排挤，很多次升迁都与他擦肩而过，索性辞职到南宁做生意。他打算挣得1040万家底后，到世界各地去旅游。

李姐在一旁附和："我知道你认为这是传销，但张叔叔是法院的工作人员，不说办了多少案件，是不是传销还是分得清楚吧？如果他知道，那就是知法犯法罪加一等。"

张叔表情严肃地对李姐说："小李，这个事咱们要慢慢来。不能一下子就让他接受，这也不现实。"

随后，张叔在纸上大致画了中国地图，然后在珠三角、长三角、环渤海经济区画圈。他看着我说："这是中国发达的经济区域，你有没有发现一个问题，也就是中国的经济和人口基本集中在鸡腹部，而尾部一大片区域既没有经济也没有多少人？"

见我点头，他接着说："现在国家宏观调控，主动干预和调节地方经济，达到平衡，即中国西部大开发。而南宁位置特殊，水陆交通发达，与东盟各国相邻，本身实力雄厚。现在国家需要大量资金去建设西部大开发，但不想让富人参与进来，就在暗地里帮助穷人翻身，穷人只需要投资69800元，两到三年后国家会返还1040万。不久后南宁会成为第二个深圳，先知先觉的人坐拥财富！"

坐在身旁的李姐突然问我："你这个年纪怎么还没有结婚呀？"

"没钱买房买车呗。"

"也是，现在的女孩子都现实，没钱，谁也不愿意嫁给你。"

之后李姐又带我出去过一次，我们来到五象广场，她指着一处台阶说："你数一下有几级几阶。"

"五级三阶。"

李姐会心一笑，又指着广场的灯柱："你再数一下有多少灯炷。"

我数完后确定是21根。李姐说："这就代表着生意是21份。"

美人计

接下来的几天里，我每天都要见三四位老师，他们从各个方面向我证明"生意"的合理性。

"本地人为什么不能做'生意'？因为他们已经得到好处，国家的目的是要帮助外地有胆量、有眼光的穷人。"

这样的穷人，李姐带我见了几位。其中一个小姑娘出生在四川农村，家里很穷，还有个哥哥要读书。她读完高中后，就在成都打工，其间交往过几个男生，都因为对方买不起房而分手。

"其实我们女生要的并不多，无非是安全感。不然我们女生要男人干什么？"

她见我沉默，话锋一转："我们女生其实都特别喜欢做这个'生意'的男生，有魄力和眼光。"

当晚，我们的"家庭"里出现了一位长发漂亮女孩。聊天的时候她主动向我示好，并表示只要我做"生意"，就有很多机会与我相处。

我们一起走到广场上聊天，回家前，我鼓足勇气牵了她的手，她害羞地看着我。我承认，对她动心了。

我渴望赚到1040万，但这与我的阅历相矛盾。虽然对"生意"抱有怀疑态度，但因为这个女孩，我已经没有太大的抵触情绪。

"生意"内部有很多漂亮的女生，我想找到女朋友，然后结婚。1040万与结婚对于我同样重要，当前者有些模糊的时候，我相信了真实存在的后者。就算我将来赚不到1040万，能在"生意"里找个女朋友也不错，我这样安慰自己。

后来，我发现这个女孩早已经有了男朋友，那晚发生的一切都只是她演的一场戏。很不幸，他们找到了我的弱点，我中了美人计。

确认我加入"生意"的意向后，我们"一家人"开了一次会。他们给我讲"家庭"纪律：不准相互借钱、晚上11点前必须回家、生病要相互照顾。

散会后，我们坐在客厅里，商议着怎么让父亲给我汇钱。李姐让我说出父亲的性格以及对我的信任程度。

黄哥问我："你爸爸最担心你的是什么？"

"当然是婚姻问题。"

李姐说："那你就给你爸爸说，我给你介绍了一个女朋友，而且咱们几个人准备投资整形医院。这样说可以双保险。"

我说："听着怎么像骗我爸呢？"

李姐笑了笑："这是善意的谎言。你爸不给你汇钱，你怎么能赚到1040万呢？只要你能赚到1040万，撒这么一点谎根本不值一提。"

大家让李姐的妹妹化好淡妆，穿了一条白色的裙子，然后用我的手机拍了几张照片，让她充当我的女朋友，并且再三叮嘱我和父亲通电话时不要争吵，更不要心慌。如果父亲要看"女朋友"照片，我马上发，如果要和"女朋友"通电话，可以让妹妹马上接听。

次日下午，我拨通了父亲的电话。简单问候后，我对父亲撒谎说我在南宁认识了一个女孩，两人想投资整形医院。父亲半信半疑，叫我"女朋友"与他通电话，妹妹从我手里拿过电话，热情地叫着"叔叔"。

通过五次电话后，父亲相信了。他取了5万元存款，并向亲朋好友借了2万元钱，全部汇给我。

李代桃僵

就这样，我开始做"生意"了。

每天听完课，我像是打了鸡血，感觉得到1040万只是时间问题。"同学"们有的讨论着到时候买什么车子，有的甚至想离婚后重新找个年轻伴侣。

和这种激情成反比的是，我的伙食不再是刚来的样子。那时餐餐有肉，现在"一家"老小每天早餐是喝粥就咸菜，午餐最多有一个肉菜。晚餐不会再做，通常是吃剩菜。长期吃素之后，我偷偷在外面吃了一顿烤肉。

老总偶尔会提米面油到"家庭"慰问，鼓励我们继续加油。没过多久，李姐和老总返还给我19000元钱，叮嘱我这是一两年的生活费，必须省吃俭用。我感觉他们能说到做到，如果是传销，怎么会返还这么多钱呢？我相信，1040万的承诺也肯定会兑现。

三个月后，李姐让我列出自己的关系网。从关系、职业、收入、生活满意度等多个维度详细描述，到时候可以根据每个人的特征发出邀约。

李姐告诉我，只要把人约到南宁，就算是成功了70%。因为人到南宁，就不再是个人的问题，而是整个大"家庭"的问题，大家都会相互帮助。

约人有一套完整的步骤，首先给亲戚和朋友发送一些问候，维持一定的聊天频率，太频繁让人怀疑，太稀疏又会生疏，约人会显得突兀。聊天内容是嘘寒问暖和家常生活，了解对方近况后，再考虑是否发出邀请。

如果对方工作不顺心、赋闲在家、失恋或者抱怨生活，那他会是很好的邀约对象。如果对方满意现在的生活，那千万不要邀请他，否则会破坏一个潜在资源。要等待时机，在他生活不顺心的时候，再发出邀请。

碰到合适的邀请对象，大家会编造一个贴近他生活的谎言。比如他在工厂打工，就告诉他南宁有相似的工厂，工资要高一两千。

"生意"内部，每十天要开一次会，主要是汇报邀约进展，以及哪些地方碰到了难题。会上有人会给一些建议。

有的人已经没有邀约资源，会盗用网上的帅哥美女的照片，到相亲网站上以恋爱或相亲为由拉对方入局。我认识一个做"生意"的女孩，只要有男孩肯到南宁，这个女孩会和男孩睡在一起，为了稳住对方。

我发现，自己当时就是这样被骗的。可是接下来，我还要去欺骗自己的朋友。李姐告诉我，这是善意的谎言，将来赚到钱，他们会感谢我。

我先是向几个以前一起打工的同事发出邀请，没有成功。后来我告诉两个老家的朋友，我在南宁高速公路上承包工程，邀请他们来南宁。他们来到南宁，问我承包的工程在哪里，我叫他们先在南宁玩一天，再去工地上。他们转身要走，我劝说一阵后，只好安排他们上课，刚听了十分钟课，他们起身离开，我怎么劝他们都不听。

后来，老家的朋友唐超应邀前去，我给他上了五天的课，他无动于衷。给他讲可以赚1040万，他没有兴趣；给他讲有很多漂亮女孩子，他也置若罔闻。得知他有作家梦，李姐的上线找来一位曾经当编辑的老总，和他聊天，话题内容从他的文章有什么问题到哪类文章受读者欢迎。终于在第二天，唐超认同了这份"生意"。虽然最后，他的父亲把他带走，没有做成。

这些老家的朋友回去后，说我在外面做传销。事情传开了，我再发出邀约，也没有多少人理我。

擒贼擒王

两三个月后，我一个下线也没拉到。

有天晚上李姐给我提建议："要不把你爸妈拉过来？这样可以给人一种你赚了很多钱的感觉。"

见我有些不愿意，李姐继续说："到时你赚到1040万，爸妈肯定会感激你现在的决定。你也看到住在市中心的老总们，他们开着宝马，到处旅游。为了赚钱，是需要付出一点牺牲的。"

我想了一夜，给父亲打了电话，告诉他们我在南宁投资整形医院，生意不错，需要他们过来帮忙。父亲考虑过后，决定过完年把家里房子和田地处理好，带着母亲一起到南宁。

2013年正月十六晚上，十多人坐在沙发上，让我说出父亲的性格、教育程度、处理事务方式，最后根据我的描述，他们找出父亲的弱点。

父母把家里的田地租给别人，房子锁了起来，在正月十七到达南宁，当时我还没有意识到，那个家我可能永远都回不去了。

一到南宁，父亲就认定"生意"是传销，要带我离开。李姐劝他："您说这是传销，那么您留下来听几天课，到时推翻它，再说服您儿子一起离开也不迟啊。我们这里又不限制人身自由。"父亲不想听课，可是见我不想离开，只好和母亲一起留下来上课。

我和李姐带着父母到南宁市区"考察"。上了六天的课程过后，父母不再强烈反对，但依旧疑虑重重。

后来，那位法院庭长张叔，给父母讲了他的经历：儿子结婚前夕，找他要钱在长沙买房子，可是他一个兢兢业业的公务员一辈子，存的钱根本买不起房，儿子的女朋友提出分手，从此不理会儿子。

这个故事给父亲带来很大的触动，张叔找到了他的弱点。父亲当即回到老家借了近10万。由于10万不够父母两人同时做"生意"，只有父亲入了局；母亲则在南宁找了个打扫办公室的工作，月薪2000元钱。

我和父亲每个月的花销，经常需要当清洁工的母亲接济。每个月都有人上总，也都有人落寞地离开，希望与失望交织。李姐上线的上线，也就是大老总告诉我和父亲："1040万就在前面放着，就看你们能不能坚持。有些人要走，我决不挽留，因为他们没有赚1040万的决心和毅力。你们大家也看见了，我现在开的车难道是假的？"

半年后，我和父亲仍旧没有拉到下线，父亲每隔几天就会接到老家要债的电话。家里欠了12万元债务，是我和父亲为了做"生意"借的。

一天夜里，父亲找我商量，他决定到福建工地上打工，这样可以还债，让我继续留在南宁。

父亲出去一个多月后，突然给我打电话，说这其实就是传销。我不相信，说："那么多认识的人上总以后，开豪车、到处旅游，他们肯定赚了钱，我必须上总！"

暗度陈仓

每当失眠的时候，我拿出手机查询传销的特征，发现我的"生意"几乎就是那样的，唯一的不同是不限制人身自由。我的消极态度，引起李姐的注意，她又给我介绍了一个女朋友。

她是个四川女孩，身高1.65米，五官精致，留着齐耳短发，是被舅舅叫过来做"生意"的。晚上和她在奶茶店里一起喝东西，我又充满能量，感觉自己幸福极了。

我开始当老师，给每位刚来了解"生意"的人上课。我装出深信不疑的样子，给他们讲我自己都不敢确定的东西，并认为这是"善意的谎言"，只要大家赚到1040万，就会感激我现在的欺骗。

就在这时，发生了一件事情。李姐的弟弟奉子成婚，他妻子也是"生意"人，两人在重庆老家和南宁都办了酒席。有天晚上，他妻子想吃樱桃，但弟弟说太贵，两人争吵起来，最后演变成争论到底要不要把腹中孩子生下来。

弟弟想等上总之后，经济条件好了再要孩子。妻子不同意，想把孩子生下来。后来她气不过，大晚上离家出走，李姐发动大家找了一夜，仍不见她的踪影。第二天她才独自回来，一开门她就对弟弟说："我们离婚吧。"

弟弟怎么哄也无济于事，她大声喊道："这种日子我过够了，现在我想吃个樱桃你都不买，你告诉我，我们什么时候才能有钱？"

李姐望了望我，又对着她说："我快上总了，到时我赚到钱，肯定会先资助你们俩。"

没过多久，李姐真的上总了。

当天，从市中心来了两辆车，一辆宝马，一辆丰田凯美瑞。大家帮忙把李姐的行李放在后备箱中，列队欢送李姐去市中心上总。她上总以后去海南旅游了半个月，回来后请我们吃饭、唱歌，临走时还给每人发了100元钱红包。

我把女朋友约到奶茶店，告诉她李姐上总的好消息，一起憧憬着赚到钱后的幸福生活。

我们要去马尔代夫、布拉格旅游；买一座地处江边的复式大房子，坐在阳台能看见江里的船，卧室是阳光房，冬天能看见雪花飘落到玻璃上；要多生几个小孩，每天陪着他们嬉闹成长；开一家正宗的川菜馆，想吃辣的就可以吃；开连锁整形医院，让它遍布全国。

李姐经常到"家"里慰问，有时提着一袋米，有时提着一桶油，她穿着旗袍，谈吐变得更加高雅。我感觉她赚到了钱，但她没有兑现承诺，扶持弟弟弟媳。弟弟打她电话，她有时候不接，有时匆匆表示自己很忙就挂了。黄哥找她要钱，给孩子交学费，她也不给。

黄哥、弟弟和妹妹三人决定到市中心找李姐。晚上他们回来，说李姐在市区住的是三室一厅，还说李姐在考驾照，准备买宝马汽车。

没过多久，弟弟陪妻子到医院打了胎。打完胎回到家，她哭了整整一晚上。当时孩子已经怀了五个月。

她哭着说："孩子已经有手有脚了，怎么就不能生下来呢？不是说能赚到1040万的吗？可是怎么连生个孩子都不敢呢？"

弟弟安慰了她一会儿，也跟着痛哭起来。

走为上

我真的没有可以拉入局的对象了，我感到1040万摆在眼前，但就是拿不到。

这样的日子持续到2014年秋天。9月的一天早上，我突然接到母亲的电话："儿子，你爸爸病了，他得了肺癌。"

我脑袋里嗡的一声巨响，感觉快要炸开，十几秒后，才能继续听母亲在说些什么。父亲咳血的症状已经持续了几个月，他强忍着，直到几天前在工地干活，突然咳出大块硬血后晕倒在地，被人送到医院后，才勉强同意让医生给母亲打电话。

李姐得知情况后，批准了我的假期。正准备离开时，李姐打电话告诉我，黄哥有话对我讲。我坐在沙发上耷拉着脑袋，黄哥递来200元钱，让我给父亲买点营养品。

他咳嗽了两声，说："唉，我也不知道怎么给你开这个口，其实这个'生意'是骗人的。我老婆上总后也没有六位数的保底。"

我噌地一下站起来，大声说："你骗人！不能因为我爸病了就赶我走，我还要回来继续做！"

"我知道你一时接受不了，当初我也接受不了。我老婆当初去买衣服、旅游，花的都是借的钱，制造一个赚到钱的假象罢了，为了稳住下面的人。"黄哥叹了口气，接着说，"你爸出了这个事情，我们实在不想再瞒你。你也不要怪她，我们也借了很多钱，也想赚回来。"

我背起行李，走在楼梯上，感觉四肢无力，头脑一片空白。我想起了女朋友，现在她是我唯一的寄托，我打电话约她见面，一口气把骗局的事情告诉了她。她淡淡地笑着后退两步，看着我说："你肯定骗人，你是坚持不了，想逃跑，所以骗我的吧？"

我大声说着"我没有骗你"，但她装作没有听见，迅速跑回了"家"。

在去福建看望父亲的汽车上，女友发来短信提出分手，她说舅舅上总后买了车，正准备买房，并表示自己也肯定能赚到1040万，只是需要坚持罢了。她认为我不是一个能坚持的人，不能继续和我在一起。

那一刻我脑子里唯一的想法是：如果汽车翻落山崖，一死百了多好。

到达福建后，我立刻赶到父亲所在医院。病床上的他瘦了很多，脸色惨白。我哽咽着告诉他"生意"只是个骗局，根本不会得到1040万的回报。母亲使劲地捶打我，父亲躺在床上哭出声来，拔了输液针，叫我们让他死。我赶紧跪倒在他们面前。

父亲的手术需要花费一大笔钱，后期护理费也很高昂。我们一家人都没有医保，也没有人愿意借钱给我们，哪怕是要救命。父亲躺在病床上，有时还能接到债主的电话。

父亲对我和母亲说："我想回老家死。"

我和母亲准备带他回乡，可他又不愿意住家里的房子，害怕债主登门。我们只好在市郊租了一间房子。

到了傍晚，我和母亲扶着父亲到附近的公园遛弯。父亲有讲不完的话，说到他年轻时追求母亲的往事，还提起我："儿子，有回你在河里摸到一条鱼，你以为是蛇，吓得赶紧往岸上爬。后来我伸手下去，摸出来一条两斤多的黑鱼，你站在岸上高兴得跳了起来。"父亲讲着讲着笑了起来，我只能背过身去偷偷擦眼泪。

我对父亲说"对不起"，父亲流着泪紧紧地攥着我的手，说父子之间不存在对不对得起这回事。后来父亲总是两眼盯着斑驳的墙顶发呆，并且日渐虚弱。

几天后，父亲去世。火化后，我把他的骨灰带回家，埋在屋后的山腰。

（本文由主人公小春口述、唐超撰文。

小春脱离传销组织后回到重庆，做回了整形营销的工作）

翡翠猎手

刘或晗

一

葛富湘家卧室的角落里放着三台保险柜。

这三台保险柜，一台放现金，一台放赌石用的玉石毛料，第三台放玉石成品。几个月前，葛富湘亲自去芒市扛回了这三台保险柜，悉数把家当都放了进去。

凌晨5点，葛富湘起床。回忆起近几年，自己嗜赌成性，最后孑然一人，这天晚上他失眠了。他坐在沙发上抽烟，摁灭了五个烟头。他打了个电话给老家的母亲，她还在睡，应答得有些模糊。

"起得那么早，去吃点东西，你别老清早不吃饭。"母亲说。

"行，你再多睡一下，也别催佳佳起床。"

8月，瑞丽天气依然炎热潮湿，葛富湘卧室里还充溢着不透风的霉味。他蹲在保险柜前面，把其中一台保险柜里的毛料石头全拿出来，逐一包好放进一个大麻袋，用麻绳系紧袋口。

5点半时，他把麻袋拽上自己的女士电动车，并且在沿路的早点铺前买了豆浆和油条。20分钟后，他到达自己的玉石加工厂。加工厂里老师傅们都还没来上班，睡在厂房里的童工给他开了门。

厂房里堆着很多玉石的边角废料，操作台上还三三两两地放着几个正在加工的镯子和玉牌。童工紧张地挤进操作台后面，做起一些细碎的零工，他们都拘谨地望着葛富湘。越是这样，他越是下不了决心。

噪音越来越大，葛富湘感到一阵强烈的头晕目眩，压迫感充斥着整个头颅。他晕得坐到地上，终于下了决心，他冲童工喊："把石头都切了！"

随后，麻袋里的石头被噼里啪啦地倒在操作台上，童工们生疏地操作着切石机。几个小时后，操作台上尽是内露翠色的石头截面。毫无疑问，切开的石头品相都很好，童工们争先恐后地拍照、发朋友圈，夸赞葛富湘眼力了得。

另一边，葛富湘还坐在原地，松了一口气。

二

葛富湘名如其人——一个来自湖南的有钱人。

在瑞丽玉石市场里，他名气很大，熟悉点的朋友叫他"三哥"。三哥个子小，1.65米的身高，有些胖，留着板寸，发梢灰白。他经常把一只斜挎包拖在身后，骑一辆女士电动车。大多时候，他把车随便靠在路边，便钻进一个六层楼高的宾馆。那里是缅甸走私玉石最重要的集散地。

待在瑞丽10年，他赌了10年石头。有时三哥和别人聊起自己，会说："我的经历可以写成一本小说了。"

入行的前几年，三哥很忙碌。他每天最重要的工作，是穿梭在中缅边境的姐告玉城早市之中，练眼力、混脸熟、淘石头。

　　玉城的早市，是瑞丽最热闹也最具代表性的玉石交易场所。这里鱼龙混杂，国籍、人种、地位、金钱模糊交织。铁皮棚顶下，排列有序的长条摊位自然地把这块黑暗的毛料区分割成迷宫状的条形步行区，中心地带和西面主要归中国人与缅甸华侨，东面的边缘地带属缅甸人。

　　每个不足2米长的铁皮摊位月租金超千元，摊位上的毛料石头用作赌石。石头上的编号代表着出处，某种程度上也象征着石头的价值。石头和铁皮台面的碰撞声，会在凌晨6点左右密集响起，像鼓点一样向人们劈头盖脸扑过来。人群的亢奋情绪，伴随着这些鼓点达到高潮。

　　市场里的人们，人手一只手电筒，碰上喜欢的石头就拧亮电筒照着石头，仔细看个究竟。"色""花""种水""藓"是决定玉石成色的元素。若把一块毛料石头比作一个西瓜，"色"即看玉石中的绿色，犹如西瓜子；"花"是玉石的其他各种颜色或底色，即西瓜的果肉部分；"种水"决定整块玉石的品相，犹如西瓜的味道；而"藓"，是瑕疵部分。光从毛料石头里折射出来，带着一种深色的浑浊向整个空间扩散开，从远处逆光看去，闪过几张平面的人脸和墨绿、墨黑的石头。

　　一开始，三哥只在摊位外围徘徊，因为边缘摊位上的缅甸人卖的货相对便宜些。他比别人多带了一只手电筒，经常在这些缅甸人的摊位前徘徊一上午，两只手电筒轮换着用，十余块石头被他照了个遍，从上到下，从左到右。那时候他缺钱，赌石不是为了玩，是想发财，生怕出错。

　　谨小慎微地摸索了几个月，三哥买了一块拳头大的大马坎水石，底色不算很好，缅甸人只收了他400元钱。他拿着石头冲进一家玉石加工店切石，此时他的手汗已经浸湿了石头表皮。20分钟后，他的第一块石头切涨了，里面出了白肉，很细腻，做成个坠子，卖了1000元钱。

此后，三哥壮了胆，向早市的中心地带突进，切涨（赌石时，石头切开后卖价高于买进价）和切垮（石头切开后卖价低于买进价）都已成为常事。

赌石圈里，人人都信奉着自己的一套赌石守则。三哥的准则是，要挑那些皮厚的石头，他认为越不易被发觉的越容易出现好货。他从来不信一切暴富的奇迹，因为毛料石和切涨后的价格总是成一定比例，有人说这是量力，他说这是信命。

三

三哥结过两次婚。头一次是在湖南老家，和一个管水果摊的女人，后来她病逝，留下一个女儿，叫葛佳佳。另一段婚姻是和一个四川女人，两人一起打了几年麻将，过了几年日子，最后也离了。

佳佳从小留在农村老家由三哥的父母照管，他很少回去看望她。佳佳2岁的时候，他去长沙做生意，隔一两个月往家里寄点钱和一套女孩的衣服。过年回家，母亲和他说，佳佳的个儿长得很快，寄回家的衣服从来都不合身。

和四川女人结婚后，三哥曾想过把佳佳带到身边照顾。他让四川女人去学做饭、带孩子，可四川女人还是只会打麻将，她对三哥说："那是你的女儿，不是我的。"

佳佳18岁就嫁人了，三哥是在喜宴前两天才知道这事的。他半夜赶到家时，佳佳正躺在套满红色床上四件套的铺上，他问佳佳那是个什么样的男孩，佳佳说："顾家，老实，能吃苦。"

返回瑞丽之后，三哥买了个手机给佳佳寄回去。每天晚上他都给佳佳发一些简单的问候短信，而佳佳总是三两天后才会给他一条回信。即便是通电话，两人多数时间里也是沉默，他只懂得问佳佳："缺不缺钱用？"

前几年，三哥在瑞丽买了套房子。沿着瑞丽珠宝街走到鉴定中心大楼，从侧面的单人楼梯上七楼，穿过挤满麻将馆的长走廊，这尽头就是三哥的房子。

三哥打电话让佳佳搬到瑞丽和他一起住，佳佳不愿意，两人为此大吵了一架，佳佳哭着埋怨他不配做父亲。三哥伤了心，再没和佳佳提起搬过来的请求。

三哥从未和佳佳说过自己的生意，不是不愿说，是不懂怎么去说。佳佳是个本分的孩子，而他自己是个糟糕的父亲。

四

很多年前，三哥和毛毛在曼德勒相识。那年，三哥跟着一个人称冯哥的同乡到曼德勒赌石。冯哥拉着几个有兴趣赌石的外行人坐在酒吧里喝酒，他们对冯哥手里两块石头有些心动。当时毛毛坐在邻桌，注意到冯哥的石头，和他攀谈起来。

"我也想看看石头。"毛毛说。

冯哥很乐意。毛毛坐下，拿起石头，眯着眼睛看了看。毛毛意识到，品色应该不错，但重量不对，重量不对就意味着这是块假货。毛毛把石头还回去，没说话，也没出价。毛毛是个缅甸华侨，9岁起就跟着家人在缅甸做玉石雕刻的活计，见过的石头成千上万。

毛毛回过头在三哥身边坐下。三哥问他："石头怎么样？"

毛毛思忖了一会，说："重量不对。这样的皮、这样的块头不该那么重，你别买，应该是灌了铅的低档货，不值钱。"

三哥乐了："你懂石头？"

毛毛也乐了："很懂。"

那晚之后，三哥经常去找毛毛。毛毛懂货，也能找货，给他带的几块石头都是成色上佳的收藏级毛料。做毛料中介，从中揩得丰富的油水，是毛毛最主要的生计。他从不否认毛毛是个狡猾的生意人，或许他曾也只是毛毛盯上的众多"客户"之一，毕竟那晚在酒吧是毛毛坐到自己身边的，并殷勤递上名片。

有一天，毛毛来见三哥，十分狼狈，浑身颤抖，开口借几千元钱。他坦白自己是因为吸毒才来借钱，并且带着欠条。三哥没要欠条，而是向他发出一起去瑞丽的邀请，他没有拒绝。

之后几年，毛毛长期住在三哥家里，三哥每个月给他几千元钱，让他干一些跑腿的活，比如给佳佳寄钱。他仍在吸毒，三哥告诉他："钱不够，就来找我。"

毛毛也有赌石的瘾，他和缅甸朋友昌布合伙在早市里租了个摊位，既做买家也做卖家。有些石头是他自己淘来转手卖的，有些是三哥看不上送给他的。

有人说，三哥信任他，把他当作儿子来养。三哥把三台保险柜的钥匙交由毛毛保管，密码他也知道。后来三哥放高利贷，毛毛是经手人。毛毛18岁生日时，三哥带着他去缅甸赌石，花十几万元钱买了一块他看上的石头，切开后雕成老虎坠子送给他，因为他属虎。剩下的料，被做成玉镯给了毛毛的女朋友。

三哥说毛毛和自己一样，就喜欢赌。三哥带着"懂石"的毛毛去赌石，并借他的手放高利贷。而毛毛，靠着三哥讨生活、赌石和吸毒。

今年年初，毛毛和昌布切垮了一块石头，赔了十多万元钱。为了还债，毛毛偷偷打开三哥的保险柜，拿走两块石头和一些现金，之后逃出瑞丽。三个月后他回来找三哥，三哥对他说："你现在已经不是以前的你了。"

两天后，三哥给毛毛租下一间房，让他搬去那里住。毛毛清楚，三哥说出了如此绝情的话，没有挽回的余地了。

有一天，昌布从缅甸带回来一块绝好的石头，毛毛思索很久，终于给三哥发了条短信："三哥，昌布从缅甸带来块好石头，你来早市看看。"

"好的。"

结果，一直等到早市散了，三哥也没来。

五

毛毛从三哥家搬出来以后，眉苗搬了进去。两年前，在麻将桌上，三哥认识了这个和佳佳几乎同龄的缅甸克钦族女人，她浓眉大眼，长得漂亮。相识几个月后，他们确定了男女朋友关系。

毛毛不喜欢眉苗，觉得她在骗三哥的钱。眉苗跟了三哥以后也进了赌石圈，凭着兴趣拿三哥的钱到处放肆。眉苗去早市和其他人不一样，她从来不带手电筒，逛完一圈早市她就径直去找毛毛和昌布："今天有没有好的石头？"

昌布朝中心的摊位指过去，说："那家，有块磨细砂场口石头不错。"

"第几排，第几块？"

"第三排，第二块。"

买石头干脆的眉苗，切石头时却很迷信。她坚信：一定要在打麻将大赢那天去切石头，再把石头拿去早市外的加工店切涨的概率更大。她还有一条"法则"是，三哥手摸过的石头，一定能切涨。

眉苗想三哥带她入门，教她一点真本事，三哥总是敷衍，让她去玩玩就好。三哥继续做大生意，和无数上等货色的石头打交道，经历着"命悬一切"的心惊肉跳。眉苗则仍在小打小闹，顺着把早市摊上的石头收一遍，切了一些，转卖一些，赚点差价做牌桌上的筹码。

和三哥同居的日子里，眉苗把房子收拾得很整洁。她是个手脚勤快的女人，刚住进去就把毛毛的旧衣服和唱片扔掉，换上几盆绿植。她每日给三哥做饭，配上一杯红酒，并在阳台的花瓶里插一束鲜花。她从未想过出去寻一份工作。

看着眉苗，三哥时常感觉自己是一个对女友不甚关心的男人。但他也能看出，那些红酒不过是超市里最便宜的货色，鲜花也只是顺路带回来的。"不是我不懂情调，只是觉得她从来没有给过我真正的感情，她只想住在这里，直到找好下一个宿主。"

今年，眉苗向三哥提出结婚的请求，他没有答应，说："我有个女儿，离过婚，还嗜赌，你跟了我生活不稳定。"他并不认为，眉苗是个期望生活稳定的女人。

"佳佳长得很朴实，结婚生过孩子后很臃肿，像农村女人。"眉苗知道佳佳，看过她的照片。三哥以前和眉苗提过，再过两年要在芒市给佳佳买套大房子，把她接过来。

"也许他还是想和佳佳在一起生活。"眉苗说。

后来眉苗和三哥大吵一架，两人分了手，再也没有出现在同一张麻将桌上。据说眉苗在麻将桌上认识了另一个男人，依旧不加节制地赌石，因此欠下很多债务。那个男人经常因为她赌石与之争吵，殴打她。

再谈起眉苗，三哥会眯起眼睛叹气，他说："以前应该教她一点本事的。如果她来找我借钱，我会给她放'低利贷'。"

六

失眠前的一晚，三哥回家时突然感到头晕，一头磕在地上。去医院检查后，医生告诉他，可能是脑部长了血管瘤。听完这句话，他不敢做详细检查，害怕被告知最糟糕的结果，他逃走了。

失眠后的一早，三哥把保险柜里所有的石头切了，唯独留下一块，做了一个镯子、一个坠子和一个戒面，用于弥补佳佳的嫁妆。其余的石头，被他转手，一块没留。

"这叫丢盔弃甲。"三哥说。

几天后，三哥把另外两个保险柜打开，现金存进银行，玉石成品装进包里。他带着存折，背着鼓鼓囊囊的包，坐上那辆女士电动车，连车轮胎都压得干瘪。很久没去早市了，今天他要去找毛毛。

薄雨覆盖着早市的铁皮大棚顶。毛毛和三哥中间隔着约莫一米宽的铁皮台面，和排列整齐、大小不一的毛料石头。毛毛努力想要看清三哥的脸，却只望得见一些墨绿和墨黑的光。

"再去医院检查一下？肿瘤也有良性的。"毛毛说。

"不去了。如果没事就好好活着，有事也把事情交代给你了。"三哥怕死后寂寞，随后嘱托毛毛一定要给他烧一副麻将和几个纸人，另外还要挑几个好石头给他带下去，到了下面再看看是涨还是垮。

三哥想约毛毛下周一起去芒市挑房子，然而，他声音太小，根本穿不透那些赌徒的鼓点。毫不间断地乒乒乓乓响，似乎是一场擂台赛的倒计时，没有人知道，谁能赢谁会输，或者谁能活谁会死。

毛毛想不到，赌了一辈子的人，最后却不敢赌一把自己的生死。

三哥似乎知道，自己快要走到生命尽头，突然哭得很厉害："把钱都给佳佳，告诉她，不要赌。"毛毛依旧看不清三哥，但他的哭声终于盖过了赌徒们的鼓点。

不一会儿，他改了口："还是让佳佳跟着你学学，她应该像我，也喜欢玉石才对。"

毛毛递给三哥一支烟，两人抽了一会，三哥要走。临走时，毛毛又丢了一支烟过去，他没有拿，离开了。

我携子从澳洲归来

欧阳军

一

2012年9月，32岁的我带着10岁的儿子到澳洲探亲。往后一年时间，我每天穿着从国内带去的廉价衣服，提着自备的午餐，坐城际列车到离居住地有10公里路的坎布斯镇的一家旅馆做清洁工，工作单调乏味，辛苦劳累。

在国内，我是西南化工研究设计院的一名工程师，尽管工资不高，但工作轻松，生活稳定，若不是先生催我到澳洲陪读，恐怕这会儿已经是高级工程师了。不过，只要我先生在新南威尔士大学攻读完博士学位，便可谋到一份年薪10万澳元的白领工作，并有望获得"永居"，到那时，我就可以松一口气了。

然而，就在先生即将戴上博士帽的时候，我们的感情生活却触礁了。

2014年的初夏，先生突然一反常态，常常晚归甚至不归，儿子的功课也无暇过问。他说是写论文太忙，所以我不太在意，仍忙于打工养家。直到有一天他将离婚协议书递到了我面前，说他爱上了他的博士生导师苏珊娜，并与她有了孩子。

我尽管伤心至极，但也没有大吵大闹，我向先生提出了一个条件：与苏珊娜见一面。

见面安排在悉尼唐人街的大富豪酒楼。比我大一岁的苏珊娜气质优雅，脸上难觅一丝皱纹。尽管说话不多，但35岁即为澳洲名牌大学博士生导师的自信却明显地写在脸上，她用一种居高临下的目光注视着我，墙柱上的镜子映出了我憔悴苍老的脸。

我在离婚协议书上签字，接受了苏珊娜付给我的10万澳元赔偿金，毕竟儿子上学还得花钱。离婚后，我报考了麦尔顿理工大学的工程管理硕士，并另寻了一份保险推销员的工作。从此变成了单身母亲，发誓只为自己而活。

我忙得脚跟不沾地，但生活的目标明确多了：用一年半的时间攻读完学位，然后觅一份像样的工作，买车、买房、让儿子得到最好的教育……当然，争取获得"永居"也是我的目标之一，这是我在澳洲安营扎寨的必要条件。也许是因为我的真诚与流利的口语，我的保险业务做得还算可以，挣的钱省着花，足以支撑我和儿子的基本开销。渐渐地，我走出了离婚的阴影，心想着攒够了钱，就把儿子送进精英学校。

还没实现愿望，我却感到儿子偏离了我为他设计的人生轨道，不仅将头发染成金黄色，鼻梁上还架着一副大墨镜，有时其至故意将裤带、袜带等露出来。

12岁生日时，他磨着我给他买了一台笔记本电脑，此后成天听流行乐、打游戏，成绩一落千丈。我说他说得急了，他便翻翻白眼说："这是澳洲，你不能干涉我的人身自由！"

一听他小小的人儿竟说出这种话，我心里一惊，到澳洲后，一天到晚为生存而忙碌，竟忽视了对儿子的教育。

我开始注意儿子的行为。跟踪了几次后发现，儿子的朋友全是华人孩子，他们独来独往，从不跟其他族裔的孩子打交道。彼此交谈时手舞足蹈，讲话中英文掺杂。一个个打扮得古里古怪，或独耳挂环，或单脚穿袜，或文臂，或将嘴唇涂成"黑乌鸦"。

放学或周末，他们常常到学校附近的中央火车站和贝尔蒙公园一带玩耍，不到天黑不回家。到学校去问老师，他们也只是说："我们不管学生的校外活动，只要没违反学校有关规定，我们就不能过问。"

没办法，我只好到心理咨询所找专家咨询。专家详细询问了情况，分析道："孩子虽然生活在澳洲，却因肤色种族而被视为异类，因此产生自卑心理。若不及时疏导，他们有可能下意识做出叛逆的行为，比如扮酷、装嬉皮、自成独立王国、尝试师长们不准干的事等等。从我以往的咨询案例来看，非澳洲出生的华裔孩子特别容易出现这种心理失衡的现象。"

专家的一番话让我十分紧张。其实这些还不足忧，忧的是某些华人社区极易搞到毒品，万一儿子跟着吸毒怎么办？我当机立断，减少工作投入，放慢学业进度，用更多的时间来管教儿子。

可是，无论我怎样苦口婆心地劝说，眼泪流了几大筐，儿子也只是反复说："你们到澳洲来，只管自己打工、读书、找情人、离婚，什么时候问过我的感受？还是我那些哥们好，在我孤独寂寞时给我安慰和帮助！"

终于有一次我忍无可忍，对他说："你说你那些哥们好，你就去跟他们过好了！"

儿子听了也不回嘴，背上背包转身就走，整整一天都不见踪影，直到天黑他还没回家，我慌了神。后来才从他一位同学口中得知，他到一位哥们家"搭铺"去了，于是我赶去好说歹说才把他哄回了家。

二

　　一天下午，我下班后去超市购买生活用品，然后乘城市火车回家。刚进车厢，就撞见儿子和一个华人女孩并排坐在前面，两人搂搂抱抱，还旁若无人地亲吻，俨然是一对恋人。周围的乘客竟也是一副见惯不惊的样子。我心里一股火起，眼泪都急出来了，但还是强忍着没去打扰这对小"鸳鸯"。

　　下车后我去干洗店取衣服，回到家看见儿子已经在厨房里削土豆准备晚饭了。只要见我不在，他就会动手做饭，这一点让我很欣慰。我心中的怒火熄灭了一点，尽量用和缓的口气问道："你今天和谁一起坐火车回家？"

　　儿子抬头望了我一眼，又继续削土豆，说道："你又跟踪我啦？"

　　我继续追问，儿子不耐烦了，猛地甩下手中的土豆："我跟我女朋友一起回的家，怎么样！"

　　见他一副桀骜不驯的样子，我心中的怒火又蹿了上来："不许跟大人顶嘴！我平时是怎样教育你来着？"

　　"这是在澳洲，恋爱不犯法！"

　　"咱们是华人，华人有华人的传统道德标准！别人是别人，你是你！我就是不准你这么早谈恋爱！"

　　"那你为什么要带男友回家呢？"

　　我十分惊诧，使劲回忆了大半天，才记起我曾邀请过同事进屋喝咖啡，现在竟被儿子当作挡箭牌。我再也压不住心中的怒火，冲上去狠狠甩了儿子一个耳光。

见儿子脸上冒出一个红肿的手印，我后悔得要命，忙向他道歉，并当即端来一盆凉水给他敷脸。然而还没等我将毛巾放到他的脸上，就听得街区警笛声大作。几分钟后，邻居带着警察敲开了我家的房门。

儿子脸上的掌印是我"虐待未成年人"的罪证，警察们不由分说将我带到警署。尽管我写下保证书，交上罚款，并找一位华人朋友做担保，但儿子还是被送到了少年避难所去。

"直到你儿子愿意回家，你才能去接他，如果再出现虐待现象，我们将剥夺你的监护权！"我被警署这样警告。

三天过去，我始终没得到接儿子回家的通知，到第十天时，我终于按捺不住，决定到少年避难所去看个究竟。

怕惹麻烦，那日我特地乔装打扮了一番。少年避难所并非想象的那样戒备森严，有家庭问题的孩子只要声明一句，便可随时进去"避难"。那里风景优雅，配备有篮球场、图书馆等场所，除了食宿免费之外，与普通的寄宿学校并没有多大区别。如此宜人的环境，还没有家长管教，孩子们自然不愿回家。

虽然化了装，但正在踢球的儿子还是一眼就认出我来。毕竟母子相依为命这么多年，提到回家，他没有犹豫，立即跑到管理老师那儿去说明想回家，然后同我一起驱车离开。

回家路上，我问儿子为什么这么久都不回家，儿子告诉我说："这儿太好玩了！可以不上课、不做作业，想干什么就干什么！"他兴奋得手舞足蹈，一副沉浸在玩乐之中的模样。我却为此发了愁，大陆新移民在海外唯一的优势就是读书，现在孩子自由得连书都不想念了，这可怎么办？

因此，我花了一笔我要打整整一年工才能挣到的"巨款"，将他送进北岸一所精英学校。我还特地把家搬到房租贵一倍但离学校近的地方，以方便儿子上学。我手里没有多少积蓄，只得动用苏珊娜给的那笔赔偿金，心中满是无奈。

三

进了精英学校，儿子对一切都感到新鲜，加上贵族学校的那份优越感的激励，头一学期他很认真努力，与他的那些哥们基本上断了联系。儿子本就聪明，在国内学校学习时底子打得厚，到期末时，他的成绩挤进了班级前十名。

2016年3月中旬，刚开学不久，儿子提出想要一辆二手车的要求，原因是他即将满14岁，该学会自己开车了。想想有道理，我便爽快地答应。周末，我带着他到二手车行去买了一辆七成新的"荷顿"。他当即开着刚买来的车驶上高速公路。直到这时我才知道，儿子早就跟他的那些哥们学会了开车，我心里不禁掠过一丝阴影。

取得L牌驾照后，儿子便常常开车出去兜风，整天不回家。放假时还要"远征"墨尔本、黄金海岸等地。尽管我心里十分担心他为此耽误学业，但自从那一次被抓去警署后，我再也不敢"教育"他了。

一天，儿子到卡市（悉尼著名的华人聚居区）玩耍，深夜才回家。我顿时心里一惊，那可是个毒品窝窝。我装着没事似的问他："卡市好玩吗？"

"好玩，在那儿歌舞厅里演出的尽是香港的明星！"

"你哪来那么多钱买门票呢？"

"同路的哥们替我买的……"儿子见说漏嘴，立马不吱声了，任我怎样追问都不开口，追问急了，他便上床蒙头睡觉。

当晚，我失眠了，实在睡不着，便悄悄去翻儿子的车。我把车厢翻了个底朝天，在驾驶座下面发现了一个塑料袋，扯出后，十来颗圆溜溜的药丸滚了出来。我的头嗡的一声大了，顿时瘫坐在地上。怒火和悲哀在胸中交织，我忘了这是半夜三更，更忘了我留在警署的"保证"，拎着那个塑料袋径直上楼。

我叫醒儿子："这是什么？"

他沉默。

"你怎么能这样？"我的眼泪像河水一样决堤而出。

"不过几粒摇头丸，就把你给吓成这样！我那哥们……"

"你还提你那些哥们，你早晚会把我气死！"

儿子不再说话，穿上衣服就往外走。我见状，死死地拽住他。

"你这一走，就别再给我回来！"正在我们拉拉扯扯之际，远处响起了警笛声，我马上松开了手，儿子也停住了脚步。

这一次，无论我怎样申辩都没有用，警署以虐待成立暂时剥夺了我对儿子的监护权，儿子这次也不是被送到少年避难所，而是送到警署选定的一户人家。

一段时间后，我想儿子想得厉害，就偷偷跑到那户人家外徘徊。一天，我刚在街边停好车就看到他，顾不得多想，我急步跑了上去。我们母子二人紧紧地拥抱在一起，儿子告诉我说这户人家对他很好，但他想回家。我还得知那包摇头丸并不是他的，而是他朋友为躲避父亲检查而藏在他那里的。我看着在我怀里哭成泪人的儿子，无奈又酸楚。

然而第二天，我却接到警署的通知："你私闯民宅，教唆未成年人抵制警署决定，因此将剥夺你监护权的时间延长三个月。"

我又急又气，却无可奈何。突然，我脑海里划过一道闪电：我想回家，回国。刹那间，我被艰辛磨蚀的记忆复活了，我想起了家乡小镇淳朴的民风、和谐的邻里关系以及相同的价值观念，甚至连原来我不太认同的严格的学校教育，也使我倍感亲切。

这时我还有两个月才毕业，于是一门心思扑到最后的冲刺上。有一个洋文凭，回国好找工作。怕节外生枝，我不敢再去见儿子，只托他的同学给他带去一张纸条："等妈妈攻完学位，我们一道回四川去！"

本以为儿子不愿回国，没想到的是，他居然爽快地答应了："分别两年多，也不知我们班上的几个好同学考进重点中学没有。我在澳洲也待烦了，换一个环境也许好些。"

2017年11月，我处理好自己的事务，和儿子一道办好手续，登上回国的航班。回国后还有很多路要走，但我并不后悔。因为不管怎样，我都还是一个母亲。

（本文由林娟口述，欧阳军整理）

盲·爱

莫文祖

南 行

2017年9月28日下午，Z185次列车从南昌向惠州前行。41岁的盲人推拿师万志新坐在车厢里，紧紧攥着双手。那是一双强劲有力的手，指甲被修剪得很短，以免上钟时给客人带来不适感。

他天生一副笑脸，却常表现出不安的样子，来回踱步，或者侧头向上站定，耸着肩，像是在寻找什么。

安置好行李，万志新摸了摸衣服口袋，确认1000元钱现金还在。再过十几天，就是女友张淑云的21岁生日。张淑云也是盲人推拿师。万志新这次去，是为了给她庆生。此外，他听说有人向女朋友示爱，他必须宣示"主权"。

这对相差20岁的恋人相恋已有半年，却只见过一次面。火车上信号弱，张淑云又忙着工作，这天晚上两人只是互道了晚安。第二天凌晨3点20分，火车抵达惠州。万志新出站后坐进一辆出租车，赶往三十多公里外的博罗县杨村镇。到达张淑云工作的推拿店门口，已经是早晨5点多。前一晚张淑云忙至深夜才下钟，万志新不想打扰她，摸索着在门口的凳子上坐下，等着。

三个小时后，万志新才打电话叫醒她。见面时，万志新难掩心中激动，张淑云却显得很平静，也许是因为过于劳累或者还未清醒。

张淑云提着包，带他上楼进入自己的房间，掏出预先准备好的1600元塞给他，说："怕你小气，拿着这些钱给我买东西，在同事们面前显得大方一点，免得同事们知道我有个没钱的男朋友。"

相　遇

张淑云1996年出生在湖南泸溪县的一个苗寨，她是家中长女，父母想要儿子，却接连生下三个女儿。夫妻俩把张淑云和二女儿寄养在母亲家，将三女儿过继给妹妹，之后到外地打工谋生、躲避计生队。2004年，他们终于生下一个儿子。

张淑云出生时，万志新已经做了六年的算命师，解签、摸手相、画符念咒，他都会。但算命不是稳当营生，于是他在2000年去学了推拿。

他们俩都是先天视力残障者。张淑云双眼眼球凸出，表面有一层淡蓝色的膜，凭借仅有的一丝光感，她幼年时很会打理自己，能洗衣服、给弟弟喂饭。直到10岁，外婆不慎将其双眼打伤却未就医，她才彻底失明。万志新幸运一些，先天性角膜发育不良没有夺去他的全部视力，他还保留着微弱的光感。

13岁那年，张淑云从别人口中听说了推拿，"要是你会推拿，你可以和健全人一样赚钱、生活"。自那以后，她经常跪在窗前向菩萨祷告：保佑以后我能去学推拿。

惦念有了回响。一年后，原本希望张淑云学算命的父母，带她去县城拜在一位推拿师门下。学习不到三个月，她就开始上钟。

　　2012年2月，万志新带着打工多年攒下的十几万元积蓄，准备回老家南昌开家推拿店，有份稳定事业，好和相恋两年、同为盲人按摩师的女友何萍结婚。

　　他租下一百五十多平方米的店面，精致装修，聘请三名员工，把全部积蓄都投了进去。4月底，何萍请了半个月假，从广州前往南昌帮忙张罗新店开张。周边推拿店一个钟收30元，万志新却敢要价35元，他对自己锤炼多年的推拿技术很有信心。开业一周，每天有十余位客人光顾，势头很好。

　　5月12日的一场大雨，把他的愿望化为泡影。从凌晨开始，雨没有停过。早晨万志新正给客人按摩，积水涌进处于低洼地段的店里。两个小时内，积水涨到一米六的深度，火罐、推拿床都在水面上漂着。

　　万志新原以为，何萍会留下来与自己共渡难关。可到了夜里，何萍说假期快结束了，第二天要回去上班，万志新只好先放下被冲毁的推拿店，送她回广州。

　　几天后积水退去，店里只剩一个房间的电路能使用，万志新依然坚持营业。不久，推拿床开始发霉，他问朋友借来两铺床。一个月后，电路彻底崩溃，员工走光了，万志新请求何萍去帮忙，她拒绝了。万志新只能关掉这家店，去东莞打工。渐渐地，他和何萍失去了联系。

　　2013年，17岁的张淑云遇到了第一名追求者：一个刚刚高中毕业的男生，比她大三岁。男生说话做事花样百出，很讨张淑云喜欢，但男生的父母嫌她是盲人。这年，张淑云辗转到广东佛山的一家推拿店。男生不顾家人反对，跟随她到佛山。可一个月后，男生没找到工作，撑不下去，走了。

　　能说会道的张淑云很讨客人和同事喜欢，老板夫妻俩更是认她做了干女儿。她身材匀称，皮肤白皙，虽然不清楚"漂亮"的概念，但欣然接受这个概念的馈赠，享受着旁人的夸赞。不久后，在佛山做生意的刘宇对张淑云展开热烈追求。刘宇是个健全人，性格好，有事业。张淑云刚刚经历过一段短暂的感情，她谨慎地对待着这位追求者。半年后，张淑云生了一场病，刘宇陪她去医院，垫付医药费，悉心照料。

张淑云喜欢上了刘宇。从病中痊愈后，两人在一起了。而这之后不久，2014年万志新从东莞回到南昌，再次开起推拿店来。

后来刘宇炒股赔光家底，只身前往广州打工，张淑云依旧等着他。"他让我等一年，说一年后肯定能东山再起。"他每月给张淑云打些钱，不定期回佛山看望。

在等待刘宇的那一年里，张淑云又有了两个追求者。一个已婚男人，承诺给她开推拿店，只要肯做他的情人。另一个男人答应她，嫁过去就给20万元彩礼，或者出钱治疗她的双眼。当时张淑云一心想着，嫁人当然要嫁自己喜欢的，其他都不重要。

2016年，早已过了一年之期，刘宇没能东山再起。他不再给张淑云打钱，这倒是不要紧，可刘宇不再去佛山看望她了。

这一年，张淑云和万志新都很失意。张淑云和刘宇分了手。因为房东违约收回店面，万志新不得不把推拿店搬到老居民区，失去了两年间积累下来的熟客，生意一落千丈。

这一年，这两个原本毫不相干的盲人，在推拿师微信群里相识。

张淑云天生一副好嗓子，唱歌动情，这让她在盲人朋友中大受欢迎。盲人的世界里，声音永远比容貌更重要。

她善于表现自己，时常把自己唱的歌分享到群里，群友们觉得她声音好听，主动搭讪，唯独万志新没有。万志新也为她的歌声着迷，但他不想和别人一样轻浮。张淑云感觉到，他和别人不一样。

张淑云知道，他40岁，推拿经验丰富，还经常带徒弟，对他有了一些崇拜。两个人慢慢熟悉后，张淑云一有心事就向他倾诉，不知不觉会聊几个小时。

有时候张淑云会觉得可惜：要是年龄没那么大，说不定我会喜欢上他呢。

旅　程

2016年春节前夕，张淑云回湖南过年。家里没有信号，两个人突然失去了联系。万志新很牵挂，想听听她的声音。

万志新意识到自己喜欢上了张淑云，暗暗告诫自己：我不能对人家有想法，免得耽误她。可等到她连上网，给他发来新年祝福，终于联系上的两人又有了说不完的话。

2017年3月底，张淑云丢失了一枚戒指，找万志新哭诉，他不遗余力地安慰着她。聊到后来，两个人都放开了。

"我干妈说过，70岁的男人和50岁的女人挺适合的。"张淑云说。

"等你50岁，我70岁，我就来找你咯。"

张淑云没有害羞："不需要那么久，缩短一半吧。25岁我还没结婚，我们就在一起。"

"为什么不是现在？不要等了！"万志新脱口而出。

"好。"

万志新难以置信，要知道，他们还未曾谋面。他使劲掐了自己一把——真疼，这是真实的，他和张淑云成了恋人。

他们开始了热恋，像坠入梦境一样甜蜜。两人相隔千里，但每晚会开启语音，听着对方的呼吸声入睡，仿佛躺在对方身边一样。张淑云睡前会给万志新唱首情歌，万志新则给她讲个故事。直到次日醒来，他们才关掉语音。

2017年4月14日，一位健全人朋友带万志新到佛山和张淑云见面。"牵着她的手，我感受到一种从未有过的温暖。我凑近她，能看见她皮肤很白、很漂亮。"他能看见美，虽然只有模糊的一丝。

"之前以为他长得很帅，特别想见他。见到人才发现他挺丑的，眼睛凹进去，颧骨尖尖的，鼻子上有颗痣，嘴唇也薄。"张淑云摸着他的脸开着玩笑，"我干爸说，他不帅，也不算很丑，很普通的一个人。反正配我，我是亏了。"

张淑云瞒着父母，和万志新到深圳旅行。这次旅行让张淑云很开心，这是她第一次去深圳，第一次去海边。在万志新面前，她会撒娇，走路累了可以爬到他后背上，想吃零食就嗲声嗲气让他去买。

"没有哪个女人是看不到爱的，眼瞎的女人尤其看得到。"张淑云能看到万志新的爱。在深圳，她把自己的身体交给了万志新。

万志新想娶她，不断向她阐述着未来的生活规划和创业想法，并承诺会给10万元钱彩礼。

张淑云相信他，"有时候他像个孩子，可他却是追求者中最稳重、最有事业心的一个"，张淑云取下戴了多年的玉佩，送他做定情信物。

旅行结束，万志新启程回家。两人分别后，干妈对张淑云说："你30岁，他已经50岁，他看起来会更老，两个人差别会很大，而且以后在生活上会有更大的障碍。"

"这些问题我都知道，可我不怕。有些人眼下是很好，以后却不一定好；有些人看似不咋的，也许以后会超乎想象。"张淑云明白，安全感最重要。

张淑云知道父母会反对这段感情。她想以"跟着万师傅学技术"为由，先到南昌和他一起工作，以后再告知父母实情，迫使他们慢慢接受。她已经决定，要和万志新走一段漫长的旅程。

干爸得知此事后，把万志新的照片发给张淑云母亲，"淑云和这个男的在一起了，年纪大，长得丑，眼睛又看不到"，同时泄露了她的计划。母亲打来电话，要她和万志新断绝关系。母亲希望她可以嫁给一个健全人，她曾经也这么想，但现在改变了这个想法。

"身边的朋友和健全人结婚，婚后感情都不好。男人有残疾不可怕，不顾家、没有事业心才可怕。只要志新哥哥待我好，能好好过日子，那就是真正的好。"

张淑云无法忍受干爸那样诋毁万志新，不愿继续为他工作。父母怕她偷偷溜走，把她接到身边看管。

不久，张淑云借机离开佛山，辗转来到惠州博罗县杨村镇的一家推拿店。在杨村镇，男同事阿三向张淑云表达爱慕之情，这是促成万志新这趟南行的根本原因。

大　火

2017年9月29日，万志新来惠州看望张淑云的第一晚，秋分过后的杨村镇依旧炎热。和万志新亲热后，张淑云早早睡去，万志新头有些疼，迟迟未能入睡。

到了凌晨3点，门外有人叫喊："着火了，着火了！"万志新叫

醒张淑云，两人以为是阿三抽烟引起了火灾，万志新翻身起来开门想
去救人，大火趁机窜了进来，等他退回房内，门框和门板已经被引
燃。

火势凶猛，张淑云看不见火光，但赤裸的身体能感受到周围的温度
越来越高，甚至让她有些疼痛大哭起来。万志新把她挡在身后，她又哭
着想要挤到万志新身前。

外面传来叫喊声："我要烧死你们，把你们全部烧死！"是阿三的
声音，听得出他已喝得烂醉。

"你不是说他可以保护你吗？"他继续大喊着，"今天我就要烧死
你们两个，看他怎么保护你。"

阿三不断把带火的杂物扔进房内。杂物发出砰砰砰的爆炸声，火焰
向二人窜去。万志新摸出手机拨打119，但两人没法说清自己的具体位
置。张淑云打电话报警，情急之下却把110拨成了011。

推拿店老板一家三口闻讯赶到，楼下的大门却被阿三反锁，万志新
想用床板隔开火焰冲出去，到楼下开门，几次尝试都失败了。他摸起一
根棍子，本能地推开一切着火的东西。

忽然，万志新意识到那扇门并非唯一的出口，靠床的墙上有一扇小
窗子，他曾感受到来自那里的光。他站到床上徒手打破玻璃，压低声音
对张淑云说："别哭，你托一下我，我从窗户出去到楼下开门。"

张淑云踩在玻璃碎片上，抱着万志新的臀部向上推。"也不知道当
时哪里来的力气，那么重的人一下子被我推了上去。"

万志新双手黏糊糊的，那是他的血。推拿师命根子一样的双手，被
玻璃碎片拉开几道大口子，血淌得地板上到处都是。他钻出墙外，双手
攀住窗沿滑了下来。

张淑云蹲在地上哭喊他的名字，万志新却不敢回应，他不是不想救她，但是"如果阿三知道我们扒窗逃跑，说不定会追出来，做出更加恐怖的事情"。万志新的判断是对的，阿三有过持刀伤人的前科。

身上只穿着内裤的万志新，蹑手蹑脚地探寻出路。他在阳台摸到了一扇门，可以进入阿三的房间。从房间出来，他正面遭遇站在楼道里的阿三。趁其不备，万志新冲上前将他抱住。

阿三掐着万志新的脖子大声问："你是谁？你是谁？！"

"我是楼上的住户。"万志新怕说出真实身份会让他更激动。

"楼上的也要烧死！"

门口传来万志新和阿三打架、叫喊的声音，张淑云松了口气，至少万志新暂时是安全的。

咚的一声巨响，张淑云不知道是谁把谁打倒，人声消失了，耳边只有杂物燃烧发出的噼啪声。这声巨响，是万志新把阿三重重摔倒在地。他迅速摸着墙壁跑到一楼，终于从里面把大门打开。

老板和他的儿子冲上二楼，制服了阿三。万志新想进去救张淑云，可大量出血使他变得虚弱，四肢无力。

火被扑灭后，老板娘跑进房里，把满身是灰的张淑云拖出来，所幸她没有受伤。随后急救车赶到，浑身是血的万志新被送往医院。当时墙壁上的电线已被引燃，再晚几分钟，会引起更大的火灾。

老板娘带张淑云赶到医院时，万志新很虚弱，但状态稳定。张淑云边哭边给他擦拭火灰、血迹，之后喂他水和食物。

"12号（张淑云）没有跟错人，生死关头能护你周全的男人，值得托付啊。"老板娘说。

创 业

死里逃生的张淑云，经常梦见自己被大火吞没，万志新萌生了带她离开这个是非之地的想法。

张淑云的父母在佛山工作，距离杨村镇不到200公里，可出事以后没有人去看望她，这让她很伤心。她告诉父母，自己要跟着万志新走。

"你别被骗了。"母亲说。

"如果没有他，我连命都没了，就算他要把我拐到南昌卖掉，我也没有怨言！"张淑云很坚决。

没等案件处理完，张淑云便随万志新返回南昌。

10月，南昌天气转凉。万志新每天早起，等候着可能进门的客人，张淑云要多睡一会儿，她起床时，万志新会为她接水、挤牙膏，陪她洗漱，万志新的母亲杨青枝喜欢这个女孩，每次吃饭会先给她添好饭菜。

以前万志新的生活单调，没有色彩，现在张淑云带来了改变。她爱唱歌，不管什么时间、场合，兴致一来就得唱几句，歌声给冷清的小店增添了许多生气。

每天下午，张淑云让万志新倒来一杯热水，摸出零食，自己吃，也喂给他吃。他不太会嗑瓜子，张淑云一颗颗掰好攒在手心，喂给他。有时不小心把零食塞到他的鼻子里，两人就笑个不停。

吃过晚饭，两人一起听电视剧。夜里十点，万志新熄掉门外的霓虹招牌，锁上大门，招呼张淑云洗脸，细心给她擦脚、穿鞋。随后他把两铺推拿床拼在一起，铺上被子，把推拿室布置成两人简陋而温馨的卧室。

恋爱很甜蜜，可眼前这家店的规模与张淑云想象中的相差甚远，生意不景气，只够勉强维持生活。在这窄小的空间里，她时常磕磕碰碰，渐渐感到不安：守在这里，志新哥哥真能兑现承诺，有份稳定事业，拿出10万元彩礼吗？

"所谓的家，必须有稳定收入和属于自己的房子。渴望拥有一个属于自己的家，不过分吧？"张淑云说。

"好好好，我会努力的。"万志新应和着。

"你可是说过给我10万元彩礼，办一个盛大的婚礼。要是让我守在这里，浪费青春，我可不干。"张淑云不依不饶。

"别着急嘛，事业会有的，房子会有的，彩礼和婚礼也会有的。"万志新安抚着她。

"再者说，你年龄也不小了，我自然是想着赶紧有个过得去的生活，不然结婚以后的日子怎么过呀。我没说全靠你自己努力，但你得有行动。"

万志新沉默了。

"也不知道你这十多年是怎么混的，不说别的，连个儿子都没混出来，因为没人要嘛。"

"有你要就行了嘛。"万志新在一旁打哈哈。

张淑云把他拉过来，使劲掐了几下他的手臂，而后捏着他的脸说："我也不想要，看你脸上那么多痣。"

说着，两人靠在一起大笑起来。

怨　言

张淑云曾定下目标，要在25岁前开个像模像样的推拿店，拥有一套房子。她希望和万志新一同实现，借此向那些反对的人证明，自己的选择是对的。

万志新的弟弟万志文，知道张淑云"太聪明了"，随时可能因为不满现在的生活而离开。只有开起一家有前景的推拿店，才可能留住她。于是他劝母亲拿出积蓄给哥哥创业。

三儿一女中，杨青枝最操心的是长子万志新，屡次创业她都有出资。那场水灾过去5年了，儿子在经济上似乎还未缓过劲来。她犹犹豫豫地拿出丈夫在工地干活攒下的7万元钱，万志新又走到了这条路上——为了结婚而创业。

然而，市区地段合适的门市月租动辄万元，远远超出他的承受范围。另一方面，这里是南派盲人推拿发源地，有百余家推拿店，市场饱和，新店难以起势。

之后，在江苏镇江做门窗生意的万志文提起，镇江房租低廉，推拿店不多。10月20日，杨青枝、万志新和张淑云一同前往镇江。万志新相中了一栋三层200多平方米的店面，月租只需要3000多元钱。但原先商户的租约要到12月才结束。万志新不想多打扰弟弟，决定回南昌等待。创业计划停滞下来，张淑云又开始做噩梦。

12月初，南昌持续多日的阴雨停了，天空渐渐放晴。这天万志文告知哥哥，店面已经谈妥，预付了一年的租金。几天后，三人再次抵达镇江时，万志文已经开始装修工作了。

正当一切向好发展的时候，万志新却突然变得很暴躁。

万志新的手机在火灾中被毁，张淑云给他买了新的。这手机卡顿情况严重，他经常因为它发脾气。有天夜里，他再次因为手机咆哮起来。

"你倒是砸了它啊，别总是因为这个手机发脾气。"张淑云恼了。

"砸了就砸了，砸了就砸了！"万志新反复喊着，但没有行动。

"你不砸我帮你，拿过来！"张淑云委屈地抽泣着，"我说给你再买新的你不愿意，现在又发火。以前你脾气很好的，当老板了，脾气大了是吧？大不了我走嘛！"

万志新冷静下来。

万志文在中间调停："别说这种话，都快大功告成了。你要是走掉，谁当老板娘啊？"

"谁爱当谁当，我才不稀罕呢。"张淑云说起了气话。

"为了你，我和家里都闹翻了，现在好不容易店快开起来了，你却老是发脾气。如果你不喜欢我，我可以走啊。"张淑云在卫生间里哭诉着，万志新在楼梯口焦虑地踱步。

"怎么会不喜欢你？开这个店都是为了你，他就是脾气来了收不住。"杨青枝一边安慰一边准备热水给她洗漱。

万志新的暴躁，源自创业压力，但他从没向张淑云说起。"她背井离乡跟着我，已经承受了很多，不想给她带来更多的压力。"

历时大半个月，店内装修完整，门前安上了霓虹招牌，每到夜幕降临，招牌上的几个大字会发出耀眼的黄色光芒。有人推门进来，电铃就会响起："欢迎光临。"

2017年的最后一天，推拿店开始试营业。一个月下来，受几场大雪的影响，只上了四十几个钟，入账2000多元钱。万志新认为这很正常，推拿店在冬天开业本就是大忌，他相信来年会有好转，可这时张淑云又沮丧了起来，不时抱怨道："以前我自己赚钱想买什么买什么，跟了你之后衣服都得挑便宜的。"

她表露出如果生意不好，自己会离开的想法。矛盾的是，她又提出想尽快完婚，时常将彩礼的事情挂在嘴边。眼下万家拿不出10万元钱，她就把彩礼降到6万。万家人决定，先让她做推拿店的法人代表。

杨青枝告诉她，会想办法凑足这6万元。于是张淑云跟父母提出，除夕前回家商议婚事。母亲先是答应下来，几天后却反悔了。张淑云进退两难，她想回趟家，但很担心被困在家里。

迫近年关，张淑云还是决定回去谈谈，先前父母的态度并不是很强硬，应该会有转机。一行人从镇江回到南昌，计划休息两天再去湖南。万家的老房子有些年头了，门前道路坑坑洼洼，卫生条件不好，用的是旱厕。张淑云解手不方便，她要起夜时万志新把尿桶拎到房内，待她完事再拎出去。

这几天张淑云很烦躁，不断叹着气，有些嫌弃万家的老房子。杨青枝想着从湖南回来去买一铺新床，让万志新和张淑云到万志文新建的房子里住。那里还未完工，但可以加紧装修出一个卧室和卫生间。

出发前两天夜里，杨青枝的女婿老杨探过张家父母的口风："我们这次去要带点什么吗？"

"家里养了猪就带点猪肉，没有的话就带钱吧。"张父开口要20万元钱彩礼，给女儿存定期。万家人陷入焦虑，但行程已经定下，只能硬着头皮去了。

提　亲

2018年2月，经过8个多小时翻山越岭，万家一行人抵达张家。出发前，张淑云没带任何衣物，想到时以此为由跟万志新回南昌过年。

张家的房子3年前买下的，装修简单，家具有些老旧，但很有苗族韵味。数年前，张家几口人挤在老家苗寨的旧木房子里，父母以种地采药为业，艰难维持生计。后来他们去广东做包装工，生活才有所好转。父母为这套县城的房子费尽心力，张淑云也出了几万元钱。对于他们，房子似乎是安全感的代名词。

见到张淑云的弟弟，万志新上前递烟，这是他能想到的最有效的交际方式。张淑云笑着说："他才14岁，抽什么烟？"随后万志新掏出800元钱红包，被张淑云的弟弟妹妹婉拒。万志新称张母为"阿姨"，张母没应，说："我只比你大2岁，叫阿姨我应不出来。"

晚饭后，两家人围坐在一起谈话。张父没有提及彩礼，只是担心万志新无法照顾女儿。

张淑云对父亲说："一般我们也不需要照顾，而且不管在镇江还是南昌，万志新都有家人。"

"你想不到那么远，当下的20年是好过，但20年后肯定难过。"张父看着女儿说，"你俩都看不见，生出来孩子的健康也是问题。"

第二天早晨，张家宗亲要和万家人谈话。这天泸溪县的温度很低，天空阴沉沉的，随时要下雨。上午10点，宗亲陆续进门。

杨青枝很忐忑，以至于这天午饭时忘了给张淑云夹菜，这个细节被张家人记在心里，当作不关心张淑云的表现。在饭桌前，老杨试探道："各位长辈，你们最后给淑云一些什么建议呢？"

大伯放下碗筷，先开了口："你们必须在这边买套房子，结了婚淑云才能到你家去。听到这句话，万志新慌了。

"在这里买套房子，也就20多万元。"张淑云对万志新耳语。

"现在我真做不到。"万志新无奈地说。

"那我也没办法。"张淑云低下头，头发遮住了她的脸庞。

"你要逼死我啊?"万志新搓着手,小声质问她。

"我觉得要是你有诚意,会想办法解决。"张淑云拨弄着头发说,"叔叔伯伯都是这个意见,他们说了狠话,我不可能因为你得罪所有人。否则我家再有事情要麻烦他们怎么办?而且拥有属于自己的房子,也是我渴望的啊。"

万志新着急了,大声说道:"你们不知道我们感情有多深!当一个人深爱另一个人,肯定会为她赴汤蹈火,可现在我需要缓冲,去筹钱。"万志新语速很快,生怕被打断。

"他们是盲人,所以我们更要尊重他们的意愿。"老杨对张家亲戚们说。

"话可不是这样说,正因为他们是盲人,所以我们才要为淑云考虑,你也知道他们生活不方便。"张淑云的堂嫂说。

张家宗亲们表示,婚前张淑云不可能到万家去,推拿店和她没有关系了。听说要和张淑云分开,万志新按捺不住内心的激动情绪,几次要站起来,大喊道:"你们好残忍!我们是共同生活过来的!你们对我们的爱情好残忍!"

"她有什么权利和你在一起?"张家堂叔把双手摊开在眼前的桌上,大声问道。

客厅顿时变得吵闹起来,两家人争辩着。

"和万志新在一起,是她个人意愿啊。"老杨说。

"什么意愿?法律规定了?怎么残忍?还是你们已经结婚了,我们逼你们离婚?"张家堂叔提高音量,嗓子有些沙哑。

"我是从火里把她救出来的,现在这个手还没好!所以我才说你们残忍。如果现在淑云说不爱我,那我、那我也认了。"万志新全身颤抖着，情绪过于激动，说话时舌头打结。

"你不要拿自己的弱势群体身份作为优势！"张家堂哥高声对万志新说道。

"我没有。"万志新的气势被压下来。

"生活很漫长，不是三两天的事情。一年后买下房子你们就能结婚，如果你真的爱淑云，就不在乎等一年。"堂哥的语气变得平缓了一些。

"如果我不爱她，干吗从火里把她救出来？甚至连自己的命都不要！"万志新情绪又激动起来。

"我们都只是参与者，他们才是主角，淑云你也说说自己的想法啊。"老杨想争取张淑云站到万家这一方。

"现在的话，淑云没有权利说，她是一个瞎子，有什么选择的权利？"张家堂叔急眼了。

"你怎么能这样说？这样会伤害到她自尊心的！"万志新气得直发抖，猛地站起身来。

"你这是在干涉她的思想。"老杨很生气，点了支烟走到一旁。

"如果你和别人谈恋爱，父母不同意，他们会不干涉吗？"张家堂叔说。

老杨掐了烟，对张家人说："我们再讨论下去，也不会有结果，反而会激化矛盾。我们回去商量一下。"

随后，万志新和张淑云坐在沙发上低声道别。十几分钟过去，万志新站起身，说："淑云，那我先走了，我先走了哈。"

万志新一步三回头地走出张家。张淑云呆呆地坐在沙发上。她很懊悔，原本不该回家的。她不理解为什么与万志新同房几个月却没有怀孕，也许怀了孕家人便不会如此为难万志新。

原 点

万家人离开后，张淑云开始哭闹、绝食。一边恳求父母不要再为难万志新，一边打电话劝说万志新："你家不是还有几万元钱吗？再借几万拿去首付，我们就可以结婚了，以后我会和你一起努力工作还债的。"

"我不想离开你，我真的习惯有你在身边了，求求你解决一下好不好？"张淑云在电话里哭得上气不接下气。

"他们分明就是在故意刁难，你却跟着他们一起逼我。他们还看我不起，我好歹也是市残联的残疾人代表！"万志新气愤地说。他有很多顾虑，如果答应买房他们提出房产证只能写张淑云的名字怎么办？她曾说过推拿店的生意不好，她可能离开，到时人财两空，又该怎么办？

双方都没有让步，在互相拉扯中度过了春节。节后，张父对女儿说，只要断绝父女关系，她就可以离开。张淑云考虑再三，决定让万志新去接她。"以后过得不好我不会回来，过得好我才回来看望你们。"她对父亲说。真要走时，却又被父亲拦下。正月初三，母亲喝下一些白酒，用头使劲撞击地面，央求女儿别再绝食，她有胃溃疡，喝酒无异于自杀。张淑云心里害怕，收敛了些。

后来，张淑云向万志新提出第二种方案：正月初十前给父母10万元彩礼，并给宗亲一户1000元，共计约12万元钱。万志新想把推拿店盘出去凑钱，她不同意。万志新想与张家父母再沟通一番，几天后张父才接了电话，他重申买房是唯一条件。张家的意见并没有统一。

　　张淑云亲热地叫着万志新"老公"，催促他正月初十之前做出决定。万志新糊涂了，想要钱的究竟是淑云的家人，还是她自己？

　　万志新的不信任，让张淑云意识到自己表现得太用力了。她要重新做一个等待者，不再哭闹，元宵节后回干妈的店里工作。

　　"我还年轻，又不是嫁不出去，那么多人追我，完全可以挑个更好的。"谁都不清楚这是她的真实想法，还是为了让万志新有危机感。

　　这时的万志新已经接受现实，暂时把这份感情放下，打算独自去经营推拿店。"不管以后能不能和她结婚，这家店都要经营好。"

　　正月初八，张淑云的父母给她介绍了一个男人，他年龄比张淑云大10岁，有语言障碍，听得见却无法回话，以修车为业。父母想促成女儿和这个男人的婚事，张淑云不愿意，但是她换了一种平和的抵抗方式：相亲那天没有洗漱，把长发弄乱，穿一身邋遢的睡衣。她成功吓跑了对方。

　　万志新在南昌的家里得知此事后很开心，他说："就算她没法和我结婚，我也不希望她嫁给自己不喜欢的人。"

　　这天夜里，南昌刮着风，下起了大雨，像极了他们在镇江创业时的一个夜晚。那天，下着雨的镇江很冷，在推拿店的一楼客厅，万志新抱起张淑云转圈，就像所有热恋中的情侣那样。

　　不同的是，这一夜，他们都回到了各自的原点。

　　　　　　　　　　　　　（应采访对象要求，文中人名均为化名。

冷欢丽、谢忠翔、李梦阳、康国卿、周成、魏芙蓉对本文亦有贡献）

绝望的时光和谁在一起

邢　璐

没有放弃抵抗的人

从有些昏暗的楼道下来，梦梦妈推开锈迹斑驳、被小广告交错覆盖的单元门，融进街道上来往不绝的人群里。

这时，水果店新鲜的火龙果在搞特价，早餐店里煮着皮蛋瘦肉粥的砂锅冒着白汽，去上补习班的孩子背着书包，坐在爸爸的自行车后座上。

半年多之前，梦梦妈和眼前这些普通的父母差不多，没事的时候想想要不要给孩子报个兴趣班，而如今她脑中只有白细胞、血小板。以前梦梦说脚痛，可当地医院查不出她到底得了什么病，家里人以为只是脚的问题，就带她去看中医、做按摩。后来去长沙的医院做血检，才查出她得了肿瘤。

医生摸摸梦梦的肚子，发现了硬块。梦梦妈说，之前看到梦梦小肚子鼓鼓的，还以为是她贪吃造成的。所以刚查出梦梦身患恶性神经母细胞瘤的时候，梦梦妈怎么也不敢相信："怎么会让这么小的孩子得这个病呢？"

现在母女俩住在广州荔湾区中山六路一栋沿街老房子的三楼，这里住着十几个家里有重症患儿的家庭，他们管这个地方叫作"小家"。这个小家，正嵌在这个生活气息浓厚的广州老城区。初到广州，母女俩在酒店住过几天，后来她们租房子住，2600元钱一个月，条件很差，连客厅里也住满了人。再后来，才搬到了小家。

广州有九个这样的小家，是由一家儿童基金会办起来的，给异地求医的贫困患儿家庭提供短期住宿，梦梦住的西门口小家是其中一个。住在小家的家庭来自多个省份，都是带着孩子来治疗肿瘤的。一家人住一间房，房内堆着药品、衣服、玩具、日用品，有点杂乱。共用的客厅、餐厅、厨房、卫生间，却被打扫得很干净。

从西门口小家出发，步行十几分钟可以到广东省人民医院惠福分院或者广州市儿童医院总院，那是这些家庭的希望所在。疾病的力道很大，它把这些家庭从原本的生活轨道上拽下来，从原来各自的生活空间扯到这些小小的房间。

疾病寄居在孩子身上，同时消磨着他们的父母。陪着孩子吃药、打化疗针、扎手指测白细胞和血小板指标……父母们除了要应付庞大的经济压力，还要抵抗琐碎生活的磨蚀。他们不能放弃抵抗，必须保持坚强，以保证当孩子觉得受不了的时候，可以随时扑倒在自己身上。

这些家庭不会在小家长久居住下去。有些孩子结束治疗回家观察，不过之后到医院复查时还会回小家看看，而有些孩子可能永远也不会回来了。

妈妈，我控制不住

2017年4月，我第一次去西门口小家，是梦梦给我开的门。她的眼睛大大的，眼袋很重，手臂很细，嘻嘻哈哈地跑来跑去。除了梦梦，当时还住着佳佳、小铭、小志、阿坚等几个重症患儿和他们父母。

这天，梦梦五天的化疗针刚打完，所以不用去医院。早上，梦梦妈照常去菜市场买菜做饭，和其他几个家庭一起吃。半年以来，她逐渐养成了每天多买一些菜的习惯。

在饭桌前，梦梦和妈妈突然吵起来了，妈妈瞪着眼睛吼起来："你想死吗？"

梦梦的眼泪扑簌簌地掉出来，尖叫着："死也不关你的事！"

母女俩争吵过程中，梦梦妈给女儿喂青菜的手一直没有停，梦梦哭得小胸膛起起伏伏的，但一边哭一边把小碗里的青菜吃得干干净净。看到她把青菜吃完，梦梦妈松了一口气，往自己嘴里扒几口米饭，转身去厨房洗碗。

同样也是神经母细胞瘤患者的佳佳，年仅三岁，和妈妈一起住在西门口小家。

来广州求医之前，佳佳在上海做过手术，佳佳的妈妈说："医生当时没告诉我们要化疗，我们也不懂。"一个月之后，佳佳的恶性肿瘤扩散，腹腔胸膜到处都是，那段时间佳佳不吃不喝，睡觉时得吃止痛药才能入睡。当时上海的医院床位不够，妈妈只好带着佳佳转战广州。

在广州打第一个疗程的化疗针时，佳佳夜里睡不着，一直摇头，喊痛。有时候妈妈被折腾累了，不知不觉在一边睡着，佳佳会凑过去或者到她身后，等她醒了就抱住她。她的手指和脚趾有些发黑，妈妈觉得心疼，用手搓着她的手，她则摸摸自己光溜溜的小脑袋，笑嘻嘻地说："我是光头强。"

给佳佳喂饭是个艰巨任务。佳佳生病之后胃口特别不好，之前爱吃的蘑菇现在不爱吃了，肉和青菜更是一概不吃。妈妈只能给她煮些南瓜或者做一点蛋炒饭，端着食物满屋子追着她跑，连哄带骗，她才吃下一些。她有时候会馋比萨，西门口小家有一个电饼铛，有些父母会用来做馅饼、番茄比萨，小孩子们觉得新鲜，吃得也很开心。

可比萨对梦梦身体不好，梦梦妈不敢让她多吃。现在她每天盼望着过生日，"我生日一定要吃一个大蛋糕"。

梦梦生病之后，像大多数患有重症的小孩子一样，经常情绪失控。打化疗针时，梦梦不断撕扯妈妈的头发、哭闹。有时哭闹过后，她平静下来，会跟妈妈说："妈妈，我控制不住。"

"我也知道，因为生病，难受啊，心里慌嘛，再加上激素类的药物也很影响情绪，一点点不顺心就爆炸了。以前她不是这样的，以前很乖很听话的。"梦梦妈说。

2017年6月，梦梦的化疗打到了第九个疗程。"第七疗的时候加了些药量，病情好转不少，但是前几天去查，指标又恢复了，还不如化疗之前的水平。"梦梦妈说这几个月的心情就像过山车，在长沙时医生跟她说"快（好）了"，来广州之后，这里的医生却表示治愈的希望只有30%。

梦梦去玩的时候，梦梦妈常常坐在一旁发呆，眼睛直勾勾地盯着一处，在这段短暂的时间独处一会儿。她会想起自己的父母，觉得对不起他们，让他们一把年纪还要为女儿和外孙女担心。

有时，梦梦妈怀疑自己也得了癌症。"我也觉得关节痛，去看中医，中医给我开的药和给梦梦的是一样的，"她哭起来，"但我不敢去医院检查，我怕就是。"

一样的人

闲下来的时候，几个家庭的父母会坐在一块聊天，聊自家孩子检查的各项指数、比较信任的医生、这段时间的花费。

变故突然闯入平静的生活，有太多难懂的事物砸向这些父母，他们脑子发蒙，但还是要慌忙接收着各种新的信息、学习和疾病有关的知识。小铭的妈妈说："我甚至不敢去问医生情况怎么样，因为医生曾经告诉过我'如果我不找你就说明没有问题，所以你别找我，没有消息就是好消息'。"

父母们最怕的是孩子病情复发。有位妈妈提到一个相识的家庭："那家的孩子没几年就病情复发了，家长节衣缩食三四年，先前治病欠下的债务未还清，又要从头来过，亲戚朋友都不敢再来往了。"

佳佳的妈妈说："太累了，憔悴，熬得很憔悴。"

"别想了，想得越多晚上就越睡不着觉。没用，想这么多一点用都没有，还害怕。"小志的爸爸安慰了她们两句，然后转身大声对小志说，"儿子，喝点水吧，试试热不热。"

眼前这些孩子待在小家，在玩游戏，或者凑到一起看动画片。孩子们在小家玩游戏，相互陪伴，就不会吵着要出门。梦梦喜欢玩当老师的游戏，一字一句地教妈妈和其他孩子念书。孩子们抵抗力差，容易感染细菌，所以要尽量少出门，更不能去人多的地方。

"如果感染了会发烧，很折腾，而且治疗费用比化疗还多，至少要一万多，有人（因感染）发烧、感冒，花掉四五万元钱也都治不好。"佳佳妈妈说。

孩子们玩游戏的时候，西门口小家的管理员邓姐来了。邓姐每天都会来这里一趟，帮着照顾孩子，或者和父母们聊聊天。"我中午来陪孩子玩两三个小时，这些父母就能休息一下。"

小家的房租、家具电器、日常用品、米油面都是免费提供的，一个家庭一天只需要分摊20元钱水电费，生活压力会小一些。医院与小家有合作，院方接触到异地求医的经济条件不太好的家庭，会推荐他们带着孩子入住小家。

邓姐表示，有重症患儿的家庭越来越多，一些家庭还在排队等候入住。她希望能有更大的房子，能距离医院更近，最好还是独栋，这样能让更多家庭入住。

患儿病症相似的家庭住得近一些，是邓姐特意安排的。这样他们就可以交流照顾孩子的经验："孩子老是吐，可以给他煮点橘子皮水"，"可以用丝袜剪一个环戴在孩子扎针的地方，防感染"……先入住的家长很乐意接纳新入住的家长，邓姐也会帮助新家长融入小家，告诉他们各种东西放在哪里，怎么使用消毒柜等等。

有时邓姐要拿出大部分精力，去应付楼下邻居的投诉。重症患儿们经常吵闹、摔东西，每隔几天邓姐就会收到楼下邻居的投诉短信。这年端午节，邓姐买了些粽子和水果送到邻居家，"要讨好讨好他们"。

处理完邻里关系，邓姐会回头来给孩子们做工作。她哄孩子很有一套，甚至能跟情绪化严重的梦梦讲条件："想要玩游戏？那你要答应邓阿姨，以后不再扔东西砸妈妈，知道吗？答应邓阿姨哦，我有礼物送给你。"梦梦消停了些，母亲节那天，梦梦还对邓姐说了祝福语。

孩子消停下来，邓姐会跟家长们聊天。"其实在医院外，家长是很无助的，没人和他们说话。""有时候医生跟家长说：'不要继续打针了，再打反而可能加重，不如回去，慢慢陪伴他，在家里开开心心地走。'这时我就会安慰他们，希望他们做好心理准备，做父母的尽力了，不要太过自责。"邓姐说。

有的孩子不在了，家长在医院发短信告知邓姐，并返回小家收拾东西回老家。邓姐走在路上，心里特别难受，她看着街道上的行人、穿行的车辆，跟自己说，想点别的，想点别的。她不得不从悲剧中抽离出来，收拾好心情，回家给自己正在上学的两个孩子做饭。

家里有事要处理的时候，邓姐有时几天没去小家，那儿的孩子会发信息问她："邓阿姨，你怎么还不来啊？"收到消息后，即使是闭眼睡觉，眼前也都是孩子们蹦蹦跳跳的情景。

有人问她为什么来西门口小家做管理员，邓姐回答说："因为我和这些孩子是一样的人。"

2012年，邓姐曾患上卵巢癌，幸运的是，她战胜了病魔。

我们的优势就是能吃

有一天，刚睡醒午觉的阿坚还带着起床气，蜷缩在妈妈怀里，嘟囔着，三岁大的阿坚讲话还不太清楚。到了下午四五点，阿坚突然来了精神，跑回房间站到床上，把肉嘟嘟的额头贴着窗玻璃，他说："我在等一辆车。"

楼下有一家热闹的小超市，有来往的行人，有即将点亮夜色的路灯。很长一段时间过去了，阿坚没有动，安安静静的。直到一辆白色的垃圾车缓缓从远处开了过来，停在窗口下的垃圾箱那里，穿着清洁工制服的两个人从车上出来，把垃圾箱里的垃圾倒到车里，然后离开。阿坚每天都要等着看这一幕。

"阿坚,垃圾车来了,你高兴吗?"站在一边的佳佳问他。

"高兴。"阿坚转过身来,微笑着回答。

2017年5月末,阿坚的白血病结疗了,6月的时候,小家为他举办庆祝活动,欢送他回家。

晚上六七点,几个家庭围在一起吃晚饭。几位妈妈的神情终于放松下来,眼角的纹路也舒展了些,扎起来的辫子微微有些散了,垂在脖颈上。

大家边吃饭边聊天。小志爸爸跟大家说起了家乡的特色菜——大盘炒鸡,"在路边摊配着冰啤酒最好"。佳佳妈妈说,她以前生活的城市也有路边摊,喜欢夏天时和家人坐在路边吃路边摊。

慢慢地,夜晚安静下来,人们珍惜着这个喘息的时刻。在与疾病纠缠的同时,他们也需要认真地面对生活本身,不管是父母还是孩子,都在默默地坚持,不能倒下。夜风吹进来,安宁的气氛笼罩着这些无助的人,但至少他们在一起。

父母们擅长收集那些散碎的希望,比如有人说起梦梦气色不错,梦梦妈的表情就会变得柔和起来,说:"我们的优势就是能吃!"虽然有点挑食,但梦梦胃口还不错,每天都会好好吃饭,还会经常让妈妈给她下面条,梦梦喜欢吃面食。并且,她每天睡觉前还要喝点牛奶。

8月末梦梦生日那天,她的爸爸到广州出差,顺便陪她过生日。爸爸妈妈一起带梦梦去海边,想让她放松一下。她用脚轻轻地踩踩水,不能让水打到身上,更不能弄湿有针眼的地方。她没有像其他小朋友一样扛着游泳圈往浪里冲,而是乖乖地蹲在一边捡些贝壳。

9月,梦梦就要打完最后一个疗程的化疗针,梦梦妈在考虑要不要听医生的建议，再打一个疗程巩固治疗效果。她很纠结，担心梦梦的身体承受不了。

"相比刚生病的时候，梦梦已经懂事很多了，有些话能听进去，慢慢地也会控制自己的脾气了，真的变了好多哦。"说着，梦梦妈叹了口气。

跨性别的重生

刘　正

一

　　小羊被父亲拽起来，一路推搡着进了阳台。阳台朝北，没有暖气，用来做储藏室，存放越冬的蔬菜。

　　阳台门一关上，冰窖一样，地板会嗤嗤地漫出冷气，和白菜腐烂的味道混杂在一起。阳台没有椅子，小羊只能坐在地上。小羊总会在傍晚时被父亲关进去，几个小时之后才能出来，有时甚至一关就是一整天。冬夜，小羊不得不背靠着冰箱门取暖。

　　父亲脾气暴躁，稍有不慎，就会迁怒于小羊，而且总是骂他不够男子气。13岁那年，一个念头在小羊的脑海里出现了："我不是男孩。"是的，他并不认为自己是个男孩。

　　据说，10年前社会上根本没有跨性别的概念和认知。小羊上网去查找相关资料，除了"变态"两个字什么也找不到。他痛恨自己是个怪胎，连和同龄人正常交往的勇气都没有。

　　他本能地抵触理发师，直到头发长到父亲不可容忍的长度，被逼着，才哭着去剪头发，"像打仗一样"。

　　最让小羊难受的是这副不属于自己的身体。小羊从未停止尝试各种方式折腾自己……但都太疼了，没有麻醉剂是做不成的。他想着和母亲去看牙医时，偷一些利多卡因（局部麻醉及抗心律失常药）再做尝试。可是利多卡因到手后，他发现没有注射器无法做麻醉，计划便不了了之。

对于小羊在背地里搞的这些事情，父母都不知就里。母亲一直以为小羊是信了利多卡因可以治头油的谣传，才会去偷，医生则觉得他有多动症。班里同学也欺负他，从小学到初中，他被人拒绝、排斥、嘲笑，在很长一段时间里忍受孤立，甚至拳打脚踢。

小羊太想摆脱这种孤独不安和恐惧，但什么办法也没有，只能厌恶自己，更厌恶自己的身体。

"我只能服从另外一个自己，这样对大家的伤害都会小一点。"小羊说。

小羊不愿成为父亲期望的那个样子——能撑起整个家庭的顶天立地的男子汉。但在一次次挨打之后，父亲的观念几乎让小羊形成了条件反射，让他丝毫不敢忤逆。

那种恐惧层层叠叠，从第一次被关进阴台开始，小羊就没有再逃开过它。

二

小羊不知道，除了男子汉之外，他还能是什么。上大学后，他曾努力学习做一个直男。

小羊和室友们一起踢球、打游戏，还有交女朋友，当然最后都分了手。分手时，他向女孩坦白："其实我也是女生，严格来说，叫跨性别。"

女朋友不理解，问他："那你和我在一起是骗我吗？你到底喜欢女生还是男生？"

小羊也不知道，但觉得对不起她。"我喜欢她，但和她相处的那个人是假的，我不诚实。"

他身体里有两个人，"他们每天都在我身体里争吵，有时甚至互相诅咒对方死去"。那些争吵，除了把性别焦虑的稻草一点点堆得更高，压得小羊喘不过气以外，从来解决不了问题。

大学三年级，小羊和身体之间的矛盾，终于压倒了自己。在一次失恋之后，他选择自杀。

那天晚上，小羊一个人回到宿舍，准备自杀。一切都完成之后，他躺在床上，看着天花板，开始后悔。后来他睡着了。

大约两个小时之后，他醒来，寝室已经熄了灯。他听见外面打雷和下雨的声音，于是在黑暗中摸索着下床，走去阳台打开窗户，让雨水泼进来。他没死成。

"后来我才得知那样的剂量是不足以致死的。"小羊笑着说，"从那以后，我不再动摇，死都死过了。"相对于那些无法挽回的人来说，小羊的这点愚蠢反而让自己显得很幸运。

这年暑假，小羊去北京大学第六医院看心理医生。诊断结果是性别认同障碍，医生在处方上写下HRT激素替代疗法和一些抗雄药物。

小羊的身体开始慢慢发生变化：胸部在微微隆起并且发痒，下巴很久没有再长出胡子，皮肤变得越发细腻光滑。激素给了他新生，"她"第一次自己打开阴台的门，下午6时许的夕阳余晖扑面而来，"她"看见镜子里的自己，闪闪发光。

事实上，那些激素会伤害肝脏、肾脏，有时激素之间巨大的对抗作用也可能缩短人的寿命。但对于跨性别者来说，性别认同，才是一个人完成自我建构的核心命题。

三

暑假结束回到学校，小羊听说学院辩论队的学长公开出柜了。这无疑是点燃小羊自我证明的导火索。

"重要的是，学长出柜之后，周围人对他的态度丝毫没有发生变化，大家都觉得，这其实没什么。"

小羊已经下定决心，他要成为"她"，并在桌子前写了一句话激励自己："记得你要成为男人或者女人，你的自由意志必不可逆，你的人格尊严必不可失。""她"准备在自己毕业典礼时穿上裙子，于是开始用碳水戒断的方式减肥，在三个月内瘦下来30斤。

很快，小羊向学院的人出柜，同学和老师们普遍表示认可、接受，"她"几乎没有什么困扰。甚至卫生局来找麻烦，都被学院的辅导员骂了回去。小羊的三个直男舍友得知这件事情，一秒钟就接受了，甚至在小羊闹肚子去厕所时调侃"她"："要多喝热水啊。"

"这些事情太温暖了，我真的感激大家。他们让我觉得，性少数真的没有什么。"小羊说，"顶多是在机场过安检时，因为身份证上写的是性别男，会被要求按指纹和背身份证号。除此之外，我只是从一个男球员变成了女球员。"

在足球俱乐部看欧冠决赛时，小羊当场立了个Flag："皇马赢球，我就向在场的几百号人出柜。"那天皇马赢了，小羊站在桌子上出了柜，所有人都给"她"鼓掌。

之后的事情十分顺利。小羊可以自如地走进女厕所，去检察院实习，得到女生的毕业戒指，拍毕业照时穿了短裙，毕业体检时站在女生们那一队等着测心电图。"她"想踢球的时候就穿长筒丝袜套上球鞋去球场，还在原来的球队里守门，过路的人看到，惊叹道："这个球队有个女门将诶，这个女门将真好看。"

在大学四年里，小羊扭转了整个人生的走向，但"她"还有很多事情要做。首先是找到合适的时机，把这件事告诉家人。

四

2017年10月中旬，因为失恋，小羊的精神状态又陷入了低谷。母亲出于担心，叫"她"回了家。家里只有母亲知道，她吃抗雄药物已经一年了。事情已经无法隐瞒，"她"向父亲出柜了。

父亲看过许多相关的文章，曾承认过同性恋、跨性别是合情合理的。但他得知自己的孩子是跨性别者时，无论如何也不能接受。他不肯跟小羊去医院听医生解释，却坚信跨性别是可以治疗的一种病。

"如果以前对小羊管教再严些，恐怕就不会这样了。"父亲这样反省。

在父亲看来，小羊的出柜如同讣告一般，宣告他的儿子和理想的双重死亡。当年父亲特意为小羊挑选法学专业，如今"她"却因为身份难以进入公检法机构，父亲的苦心变得毫无用处。

这个冬天回家来的小羊，是他养了23年却一无所知的人。每天看到小羊，父亲都怒火中烧，诸如"不男不女""大逆不道"这样的咒骂，随时在"她"的耳边爆炸。

两人争吵不断，争吵到最激烈的一次，父亲奔到厨房抄起一把菜刀冲向小羊，可冲到半路却把菜刀扔到了地上，他垂下头，一屁股坐在地上，流着眼泪说："还我儿子。"小羊什么也感觉不到，早上吃过抗抑郁的药，"她"只想睡觉。

父亲站起来，走回自己的房间，把门锁了起来。他以前生活在残酷的环境里，所有好处都要自己拼命去争。他一人支撑着家族中的大事小事，也因此遇事争强、脾气暴躁。但这一次，他终于被击溃了。

这次争吵过后，父亲向母亲提出离婚，母亲当即答应了。母亲告诉小羊："我们打算协议离婚，平分家产。我要自己那一半折现，带你离开这个家，去买套小房子，开始新的生活。"

母亲还不能完全理解跨性别，她会经常跟小羊讲用什么方法可以治疗、如何可以心理干预，但这并非出于难堪和羞耻，她只是担心小羊。有一回她哭着求小羊："怎样都好，你不要去动刀子好吗？"

"好。"小羊说。

"只要能以一个女生的身份生活下去，做不做手术，都没什么。"小羊觉得，生活本身才是最重要的，变性只是修改身份证上的性别。

和母亲一起去改了个女孩子的名字后，小羊找到了现在的工作，在一家公司做新媒体文案。

小羊时常回想自己和父亲的矛盾，他的世界里只有一条预定好的轨道，那是传统的尊卑有序的家庭生活，除此之外，小羊做出的任何其他选择都是越轨，他们是两个对立面。父亲注定会前功尽弃，而小羊，永远难以摆脱父亲的阴影。

小羊曾形容那个阴台如同一艘潜水艇，有时观测窗外会出现一只鲸鱼的尾鳍，一摆而过。小羊闭起眼睛感受那股暖流，好像它会冲破观测窗，把"她"卷到海中，让"她"成为另一只鲸鱼。

现在，"她"想去海洋馆看看，那里有鲸鱼游弋的样子。

逃不出绝命镇的女人

李　渔

一

我的童年在镇上度过。小镇只有两横两纵四条街道，家家户户门口种着槐树。冬天时满目萧瑟，但到了夏天，枝丫繁茂，树荫下坐满了赶集的小商小贩。

什么样的摊位都有。有卖花布的货郎，摆一地青菜的农妇，磨剪子的老翁嗓子最好，拖着长长的尾音，喊着"磨剪子喽，戗菜刀……"一到此刻，镇子上总是热闹的，人们摩肩接踵，交换着街头巷尾碰到的新鲜事。

"新来的裁缝看到了么？"

"没有。咋了？"

"哎呀，小姑娘长得那叫个嫩，跟刘晓庆一样。"

几个小伙子扶着自行车，站在树荫下七嘴八舌。一传十，十传百，"裁缝晓庆"的名声便传遍了十里八村。在长街尽头，那间小小的裁缝店里，男人们路过总会偷偷瞥向敞开的大门。

门内，一个女人不紧不慢地踩着踏板。她穿着黑布鞋，翠绿的裤子，粉红色的小凉衫上印着淡黄色碎花，像一株水仙花。

"哎呀，小姑娘，你哪里人啊？"一个胖女人跷着二郎腿，吐出一个瓜子皮。裁缝晓庆怯生生地回答："我是四川人。"

从四川到我们这个小镇，一共有将近2000公里的距离，要坐两天两夜的火车，再转五个小时的大客车。

裁缝店的老奶奶说，这个姑娘是她捡回来的。

早春季节，河水才破冰。老奶奶一如往昔早早打开门，看到一个瘦巴巴的女孩蜷缩在台阶上。虽然冬天已过，可那时候土地还是硬邦邦的，一铁锹下去，只留下一个白点。

老人们知道这个天气出不得门，会落下关节病，何况她只穿了件黑白格子的旧西装外套。老奶奶把女孩拉进屋，给了她一杯热水和一碗热粥。

吃完之后，女孩脸上才渐渐有了些血色。她自称姓王，跟着老乡来北方打工，结果工厂不要女人，她买不起回程车票，无处可去只好一路找地方收留自己。小镇离城里有十几公里，她到的时候，已经两天没正经吃过东西了。

许是可怜这个女孩，老奶奶便留下她在店里帮忙，王姑娘从此便在小镇上住了下来。

二

她的手巧，无论拿来什么布料，一把卷尺，一把剪刀，过不了几天，就变出一套合身的衣服裤子。渐渐地，镇子上人们不再提老裁缝名字，逢上做衣服，就说："拿给王姑娘去看看。"

她不爱说话，有人说她漂亮，夸她手艺好，她也只低着头笑。只有在面对孩子的时候，她才会主动开口。

那时候，我8岁，经常和一群小不点在大街或小巷上丢沙包、躲猫猫。只要王姑娘远远招呼着"来，过来吃糖啦"，我们就变成一群快乐的家雀，叽叽喳喳连蹦带跳，跑到裁缝店门口。看着她变魔术一样，从口袋里摸出一大把五颜六色的水果糖。

糖果酸酸甜甜，用牙一咬，嘎巴响。我们吃完一颗，还要下一颗。她总有办法应对，斯斯文文地说："乖，一天就吃一颗，明天再来找阿姨好不好？"

"好！"我们齐声回答。

待了一段时间，王姑娘在村里出了名。连我姥姥都说，真是个好姑娘啊，心灵手巧，难得地又喜欢小孩子，谁家要娶了这么个儿媳妇，真是上辈子修来的福分。

茶余饭后，有人半开玩笑地对裁缝店老奶奶说："婶，你那儿子也老大不小了，不如就娶了王姑娘算啦。"

老奶奶摆摆手："哎呀，我怕是没那个福分喽。"她也不是没沟通过，儿子都答应了，王姑娘那却犯了犹豫。她不说行，也不说不行。老奶奶是个急性子："哎呀，姑娘，你看我一个老太太平时对你跟自家人一样，要是觉得我们家哪不好，你给个痛快话啊。"

王姑娘扑通跪下，眼泪一颗颗摔在地上："大妈，您就别问了。我知道您对我好，来世做牛做马我报答您。是我不好，不配进您家门。"

老奶奶先是错愕，又不知所措，赶紧扶着王姑娘。她却犯了牛脾气，怎么都不愿意起身，数落着自己的不是，边说边哭，求老奶奶不要把她赶出门。

一直到老奶奶答应了再不提这个事，她才揉着眼睛，起身回了自己小房间。

姥爷给炉子里填了煤，窟窿里火苗涌动着，可却没半点暖意。他缩着脖子，赶紧回到屋内。"那姑娘具体啥来历你们清楚不？"

老奶奶摇摇头："人家也不说啊。"那姑娘从来不提自己父母是谁，有没有兄弟姐妹。只在闲暇时候，她会坐在店里，托着下巴歪着头，哼上几句没人听得懂的歌。

老奶奶知道她想家了，问她要不要回家看看父母。王姑娘难过地摇摇头，说自己要在外面赚钱。老太太给的工钱被她10元、50元地攒了下来，全都用手帕包着，拴根红鞋带，厚厚的一沓。过年的时候，她把这一包钱交给城里的同乡，拜托他们捎给自己父母。

姥姥姥爷都夸奖王姑娘孝顺，并且愈加好奇她为什么不回家。"我问她啦，她也不说实话。就说道远，路上得花钱。还说节后忙起来怕没人。谁家节后做衣服啊，都节前做好的新衣裳。"

三

后来，我们还是知道了王姑娘的秘密。

那时候她已经来到镇上三年。家家户户穿着她做的衣裳，她也学会了本地的方言，要不是不经意间露出乡音，外人怎么也猜不到远在北方的不知名小镇里，居然住着一个四川的美丽裁缝。

直到有一天，来了一个男人。他右手牵着孩子。

街坊们放下手头活计，乌泱泱地涌到店门口。大铁门紧关着，妇女们贴着窗户，不时露出惊讶的表情。

"哎呀，那男的是小王她男人？"

"啊？她都嫁过人啦？"

"这算啥，看见那孩子了吧？孩子都生过啦。"

大门轰一声打开，老奶奶铁青着脸，站在门口，身子挺得笔直："都回家去，有啥好看的！"

人群呼啦啦散去。门哐当一声合上，一直到天色暗了，才吱呀一声，打开一条小缝。

几个黑色的影子，从门缝里溜出来。月色下，传来几声孩子的哭喊："妈妈！妈妈！"马上被什么堵住一样，只剩下低沉呜咽，同时还夹杂了别的声音，好像是女人，抽着鼻子。

人们说的没错，那个男人是王姑娘远在四川的丈夫，孩子是她的女儿。

王姑娘家在山区，一片青青竹林之间，居住着几十户人家。那里仿佛与世隔绝，要走上十几里山路，再搭上两个小时的货车，才能到县城。山里面这些人家重男轻女，王姑娘小学没念完就早早辍了学，被送到县城打工赚钱贴补家用。刚到十六岁，父母做主，把她嫁到隔壁山村。

山里边的岁月无聊又清贫，王姑娘的丈夫靠砍竹子为生，一座土坯房、几个破烂家具、猪圈里两三头猪，是这个家的全部家当。她每天早早起床做饭，拌好猪食，倒进石槽，看着猪一边哼哼吃着一边甩尾巴。等天亮了，她走上一段山路，到半山腰镇子里的一家裁缝店打打下手，赚点小钱、粮食，贴补家用。

如果日子永远如此，倒也安稳。可惜王姑娘的丈夫，像山村里的许多男人一样，沉迷于赌博。

起先，王姑娘去找过他一次。她拽着他的衣角求他回家，没想到众目睽睽之下，他反手一巴掌打在王姑娘脸上。当地人看不起被老婆管的男人，丈夫嫌她让自己在众人面前丢了脸。她晃晃悠悠跌倒在地，脸颊上浮现出一个鲜红的巴掌印。

后来，王姑娘不再管丈夫。每天入了夜，她独自守着黑漆漆的房子，任丈夫去玩去耍。有时丈夫输了钱，心情不好两杯白酒下肚，稍看王姑娘不顺眼，就抄起笤帚或是藤条劈头盖脸地打她。在她生下一个女儿以后，丈夫更是变本加厉。

王姑娘的脸上总是青一块紫一块，新伤叠着旧伤。咬着牙忍了一年，终于在一次独自回娘家的时候，她随着同乡，走上北去的路。

她没有钱，怎么随着几个男人一路来到千里之外？老奶奶对这一段故事闭口不谈，讲起王姑娘也只能无奈地叹口气，说她可怜。

王姑娘隐姓埋名，藏了三年，没想到还是被丈夫发现了踪迹。

给丈夫报信的是那几个同乡。他们根本没把王姑娘省吃俭用节约下来的钱送到她父母手中，而是全部花在了赌桌上。同乡赌红了眼，欠下外债，便找上她丈夫，把王姑娘的消息卖给他，得了500元钱。

"那姑娘愿意回去？"

老奶奶晃着身子，长吁短叹，回答道："哎呀，不愿意能怎么办？人家都找上门了，你看那孩子，才丁点大小。"

王姑娘见到女儿心就软了。女儿和她像一个模子刻出来的，眼泪汪汪地抓着她大腿，一口一个"妈妈"叫着。王姑娘也哭了，娘俩拥抱着，眼泪吧嗒吧嗒地落下来。

丈夫在一旁，驼着背，傻傻站着，双手抓着裤子多少有些局促。一问起要不要和丈夫走，她的脑袋摆动得像船橹。她说她要和孩子一起留在北方，再也不回家。

男人跪倒在地，一边抹着眼泪，一边数落着自己的过错，说自己不该赌，更不该喝酒打媳妇。说到动情处，他左右开弓，啪啪抽着自己嘴巴。王姑娘无动于衷，老奶奶看着不忍心，把男人拉拽了起来。

老奶奶对王姑娘说："这两口子过日子，哪有不磕磕绊绊的？再苦再难都要过，不能拆了家。我是过来人，什么苦都吃过。但女人嘛，就算不为了自己，也得为了家里想想。你这一走，家里指不定要说什么闲言碎语，让男人以后怎么做人？让父母怎么做人？"

王姑娘沉默，咬着牙，手上勾着孩子手指。

四

两天后，王姑娘最终还是走了。

他们坐在三轮摩托的后斗里，男人侧卧着，孩子扒着栏杆，王姑娘低垂着头。老奶奶一边挥着手，一边泪眼婆娑："走吧，走吧，回家好好过日子去啊。"

她口袋里装着一张草纸，白纸黑字，上面是男人立的字据，发誓不再赌博不再殴打王姑娘。文末，是那男人的手印。

这字据一式两份，老奶奶一份，王姑娘一份。老奶奶让她放心，这都立了字据的，上面写着呢，再动手，她就随时可以走。这裁缝铺她住了三年多，就是她家，随时来。

那天，天清云淡，道路两边，槐树排成列，笔直伸向远方。载着王姑娘一家三口的小车越走越远，渐渐成为一个黑点，最终在众人视野中消失。

老奶奶生前一直挂念着王姑娘，可直到去世，也没再见到她。人们安慰老奶奶，她肯定在老家过好日子呢。

　　而事实上，所有人都知道王姑娘后来的故事，消息是她四川同乡带来的。

　　两年后有人见过她一次，在田间披散着头发，破衣烂衫，神情麻木地举着锄头。相比在小镇时让人侧目的样貌，王姑娘老得很快，皮肤粗糙，皱纹也是一道一道地横在脸上。她又生了一个孩子，那个孩子正在她背后箩筐里闭着眼咬手指。

　　他们说，她是被绑回家的。

　　刚下火车，早已等候的亲属们蜂拥而上，拽着她的手脚，把她绑起来。那些人中，甚至有她牵挂了多年的父母兄妹。

　　亲属轮流监视王姑娘，进了山，进了院，丈夫拿出藤条把她一阵毒打。直到她再也发不出叫声，只有蜷缩着身子才能略微减轻一些疼痛。

　　可是日子又一切恢复正常了。镇上赌博的小院灯火依旧彻夜亮着，丈夫还是那个老实巴交的丈夫。只是入了夜，总是能从他的家里传出来凄厉的挨打声。一年又一年，王姑娘有了儿子，即使依然伤痕累累，可终究不逃了，终究安定了下来。

　　王姑娘的那些同乡讲起这些事情时一脸得意，还笑嘻嘻地说："她现在终于有个婆娘样子喽。"

　　大家没有告诉老奶奶，默契地保守着这个秘密。那张黑字白纸不知道在哪个角落存放着，应该已经泛了黄，满是油污，无声地记录着这个北方小镇曾经住过一个南方姑娘的往事。

卧铺车厢的闯入者

程沙柳

一

腊月二十出头，赶着回家的人并不少，我在车厢门口排了好几分钟队才挤上车。放好东西后去洗了把脸，重新回到位置上时，听见有人窃窃私语讨论着什么，不时伴有轻笑声。

人们讨论的对象是一个男人——约莫50岁，随意打理的头发中夹杂着不少银丝，皮肤黝黑，泛着光，脚上穿着一双满是褶皱、已经看不出原本颜色的皮鞋。一套不合身的西装，让他整个装束显得异常尴尬，前胸的位置还有一块油渍。

那个男人好像意识到自己的存在有些突兀，神情紧张地寻找能让自己感觉稍许自在的事物。我俩眼神相对时，我冲他微笑了一下，他立即有所好转，和我打招呼："小伙子到哪儿啊？"我说："重庆。"

见他背着一个书包，手上还提着两个袋子，我伸出手想帮他一把，他赶忙摆摆手："你别来，小心把你身上弄脏了。"

东西放好后，他拿出车票看了看，找到位置，是个中铺。我在他对面，不过是下铺。他摸摸自己的铺位，嘿嘿笑了两声。他下铺是一位小姑娘，正脱了鞋躺在铺位上玩手机，捂了捂鼻子，冲他翻了一个白眼。

他应该没注意到，依旧在那傻笑。

我坐在过道的座位上戴着耳机听音乐，他有些手足无措地站在原地。发现我身后有一个空的座位，他过去坐下。他右手支撑着下巴放在小桌子上，望着窗外呼呼而过的风景发呆。后来我起身去厕所时，他有些紧张，我从他身边走过，他立即站起，生怕挡了我的路。

上车的时间是下午6点多，没过多久就入夜了，陆续有人往铺位上爬。他站在自己的铺位边，看起来有些忐忑。过了十几秒，他脱鞋，准备顺着小梯子爬到自己的铺位上去。

他的双脚从鞋子里一拿出来，空气里立马有了一股怪味，有些酸，也有些馊，还有一种形容不出的味道。三种味道混杂在一起，我不由自主捂上鼻子，周边铺位上的人也赶紧捂上口鼻，一位正在吃泡面的小伙子非常震惊地"靠"了一声。

反应最大的是他下铺那位小姑娘，她直接怒斥道："天啊，你的脚有多久没洗了？现在什么人都来卧铺！有点素质行不行？！"随后，她又说，"要不是没抢到机票，我才懒得坐火车呢！"

他好像做错了什么似的赶紧穿上鞋子，点头哈腰地向她道歉："对不起对不起，我赶紧穿上。"

穿上鞋后他就朝车厢连接处走去，过了几分钟还没回来，我有点担心，走过去看他，发现他在吸烟区抽烟。

二

随便吃了点东西，漱口后我就躺下休息，摘掉眼镜之前，我朝对面的中铺看了看，那里没有人。

半夜12点我突然醒了，然后一直失眠，无法闭眼，或许是近乡情怯，抑或是因为想到即将结束的这一年没有多少收获而感到焦虑。我爬起来，戴上耳机继续听《家乡》，打算一直单曲循环到天亮。

车厢里已经熄灯了，乘客们睡得很香，偶有此起彼伏的鼾声响起。车厢连接处空间大，有灯光，还不会吵到谁，我打算去那里待着。

他还在那里。

他坐在一沓报纸上，背靠着墙，脸上满是困意，嘴里吞云吐雾，貌似抽了不少烟。见到我，他冲我笑笑，嘴巴动了动，似乎说了什么，但我不想说话，就没有摘耳机，也没有接他的话，靠在另一边继续听歌。

我们就这样相互待着。大概过了20分钟吧，我的脚有些不舒服，走动了一下，他突然站起来，把那沓报纸拆开，分了一部分给我，让我坐在上面。我再不理他就有些太不懂礼貌了，我取下耳机，接过报纸坐在他对面。

我问他为什么不去睡觉。"我的脚有臭味，怕熏到他们。"他看了看自己的脚，说，"我明明洗过的，为什么还有这么多味道呢？"

我莫名有些难过："这没什么的，你上去睡就行，那是你的铺位，你买了票，应该是你的。"

他摆摆手，说："不去了不去了，我就不该买卧铺票。"

我问他："那你一晚上不睡受得了吗？"

他点点头："我们以前经常这么干，有时候赶工期，好几十个小时都不睡觉。"

他讲起了他的工作，没有特别的地方，和大多数被冠以"农民工"之称的打工者差不多。他在北京打零工，租住在六环外一个村子里，从事家装工作，刷墙、贴瓷砖、安装家具干过，搬家、建筑工也干过，只是没有固定、长期的工作。

"我去北京五年多了，没挣多少钱，房租还挺贵。后来我们那里不让住，好多人都走了，有的还是被房东赶走的。我一个山西的工友说，他这次走就不会再去北京了。我这次回去也不打算再来了，没啥意思。"

说着他又点燃了一支烟，周围空气有些刺鼻，我受不了太大的烟味，但没有阻止他。他递了一根过来，我本没有抽烟的习惯，但还是接了。他给我点上，我吸了一口，没什么感觉，他却很过瘾的样子。

"今年回去得早，票好买吗？"他摆摆手："不好买啊，本来想买更早的，但排队没有买到，只买到了今天的。"

他本来计划买硬座票，不过想起来这么多年来回都是坐硬座，卧铺都没有试过，有时硬座车厢人多得脚都插不下，更别说睡觉，他特别羡慕睡着的那些人。所以这次狠了狠心，买了张卧铺票。

"最后一次，我想睡着回去。"他露出有些浅黑的牙齿，笑得很赤诚。

三

反正睡不着，我也没有急于回车厢里。只是沉默总会先刺痛弱势的那一方，可能是为了填补尴尬，他开始讲自己的一生。

"我23岁时就结婚了。我其实不想结婚，想出去闯一闯，但我喜欢上了一个女孩，她非要和我结婚，我答应了。两年后，我们有了孩子，我至今不知道那是个男孩还是个女孩，怀着孩子五个月的时候，我老婆去县城买东西，出车祸去世了。"他平静地说。

我小心翼翼地问:"后来呢?"

抽了口烟,他继续说:"我没有再娶,也不想待到原来那个地方,就到全国各地去打工,过年的时候回去待几天。家里给介绍了几个对象,都推了,总还想着我老婆。想着她却和别的女人生活,我受不了,也怕耽误人家,干脆就打光棍。打光棍我不怕,他们说他们的,日子还得我自己过。"

话说到这时,我的烟已经燃掉三分之二。我没有抽过烟,我学着他的样子,夹着烟,吸一口然后又吐出来。听说真正吸烟的人得把烟吸进肺里,然后再从肺里呼出来,我看他抽烟熟练的姿态,想必这些年抽了不少。

又聊了一阵儿,他困得不行了,哈欠连天,我叫他去睡,他还是不肯。我对他说:"你睡我的铺位吧,我的是下铺,不用脱鞋,直接躺下去就能睡。"他还是拒绝:"你也得睡呢,再说你对面那个小姑娘,好像很讨厌我,算了吧。"

我一时无言,也找不到话题,又戴上耳机继续听歌。看着他在我旁边无所事事,就取了一个耳机直接塞到他耳朵里。他有些错愕。

他听了后问我:"这是不是唱《成都》的那个歌手?"

我欣喜:"你也知道赵雷啊?"

他说:"我听到好多地方都在放《成都》,这个人的声音和那个歌手的很像,原来是一个人啊。"

他听了一会儿,把耳机取了,递还给我,说:"你听吧,我不怎么喜欢听。"我以为他是不喜欢这首歌,就问他喜欢什么样的歌,我给他放。

他摆摆手:"都是老歌,你们年轻人不会喜欢的。"我说没事儿。

他语气一下子变得有些急促："不了不了，我不想听歌，还是算了吧。"我想可能是无意中触痛了他，于是又沉默下来。

我们沉默了10分钟，他找我说话："小伙子，你来北京几年了？"

"快六年了。"

"做啥工作啊？"

"出版。"

他一脸木然地附和："哦。不错不错。"

尽管车窗外车轮有规律地发出声响，车里的夜晚却是安静的，我和他有些尴尬。为了消除这种尴尬，他不停问我问题："你有女朋友没有？结婚没有？""你今年多大？"……每一个问题我都认真回答，因为我也很想和他说话。

我忽然想起硬座车厢和卧铺车厢之间的那道门，不能随意穿过的那道门。他买了一张硬卧车票，第一次可能也是唯一一次穿过那道门，却发现自己格格不入。

四

凌晨5点多的时候，他不断地打着哈欠，眼角挂着眼泪。我第三次和他提起，我今晚不打算睡，让他去休息，他才同意不脱鞋睡我的下铺。他倒在铺位上，没几分钟就发出了鼾声。

早上9点多，他醒了，我坐在靠窗的椅子上用手机看电影，没有注意到他，直到他泡好一碗方便面端给我。客套几句后，我被泡面的香味吸引，大口吃起来。他坐在我对面，和我一起吃。

他吃的那一碗是香菇的，我这一碗却是红烧牛肉的，还是加量不加价的那款，这让我有些不好意思。

　　他吃完面，去垃圾桶扔空碗，没有像其他人那样带着汤一起扔进垃圾箱里，而是先将剩余汤汁小心倒进洗脸池旁边一个装废水的小桶，才把空碗扔到垃圾箱里。

　　他说："我之前见一个乘务员提垃圾袋，不小心洒了一身汤汤水水，感觉人家挺不容易的。"

　　吃完泡面没过多久，乘务员过来换票，说下一站到万州了。他赶紧拿出自己的票："我要下！"票换完后，他急迫地开始收拾行李。

　　我说："你不用着急，还有四十多分钟才到。"

　　他嘿嘿一笑，说："谢谢你啊，年轻人。"我不知道他谢我什么，礼节性地冲他点了点头。

　　车到站，他提着东西急匆匆地走了，还大声和我道别："再见，年轻人！"几分钟后，车又继续往前驶去。

　　我看了看他的铺位，上面的被子和枕头原封不动叠在那里，铺面很平整。最后他还是没有睡上自己的铺。

逃跑的朝鲜新娘

郭镜元

一

老王买来个媳妇，花了2万元钱，是个朝鲜人。偏远村镇，家家都攀得上亲，细算起来，他算是我远房表舅，一个混吃等死的老光棍。

那年月，花钱买女人是常有的事，尤其是朝鲜人。他们偷渡来到中国，无处安身，只能托人把自己卖了。

人贩子带人来的那天傍晚，雪下得很大，那女人身上挂满了雪，冻得直哆嗦。老王看了觉得她可怜，还没看清楚模样，就把钱付了。按理说，朝鲜女人是不值2万元钱的，可他没压价，说大雪压身是吉兆。明眼人都知道，他是心肠软了。

那女人蹲在墙角，直到人贩子离开也一声不吭。老王在旁边看着，心里有点堵，他买女人无非是为了睡觉，可现在半点心思都没了。两人这么沉默着。她身上的雪化成水，渗透了衣服，又落在地上，发出滴滴答答的声音。

老王本想让她把衣服脱下，还没张嘴，话就被她脏兮兮的脸堵了回来。他拿来一个火盆，放到女人身旁。女人连忙往火盆边上靠，像抓住了一根救命稻草。

　　老王看着她发愣，他很想疼爱眼前这个女人，这不像他偷看村里女人洗澡时的那种感觉，而是更单纯的想法。可他一开始只是想买女人来睡觉的啊。

　　他脑子很乱，不愿再去多想些什么，只想睡觉。临睡前，他从屋里取出一串钥匙，拍在桌子上，对女人说："买了你，你就是我的，但我不强求。这是大门钥匙，是走是留，自己选吧。"

　　说完，他头也不回地走进里屋，硬生生灌下三大碗老白干。

二

　　次日，老王睡醒时已是晌午，昨夜的酒让他有些头疼。

　　屋子外没有一丁点声响，他有些后悔，不是因为放那女人走，只是后悔出了2万元钱的高价。他心想，要是把那些钱给村里某个女人，恐怕她早躺在这炕头上了。他心情郁闷，想出去走走。

　　穿上棉袄准备出门的老王，刚走出里屋就呆住了。那个女人依旧蹲在火盆旁，而桌上的钥匙还在原来的位置。

　　老王盯着那张脏得让人辨不清相貌的脸。女人被他看得有些怕了，惶恐地低下头。没过一会儿，她慢慢把头抬起来，直勾勾盯着他。他慌张地转过头，他不害羞，只是怕自己的丑样子吓坏了她。

　　两人这么僵持着，还是不说话。过了半晌，他回过神，慌忙从仓房取出一个大水缸，烧一大锅开水，想给女人洗个澡。他把水缸灌满后，有些不知所措，那女人始终安静地在原地蹲着。

　　仿佛想起了什么，老王立刻穿上衣服跑出门，一会儿工夫，带着一个中年女人进了屋子。他掏出20元钱递给中年女人，说："我不会弄，你帮我给她洗个澡，洗干净点。"说完便出了屋子，坐在门口的板凳上。

安静了整整一夜的屋子，响起一阵稀里哗啦的水声。每当这种声音响起，老王脑子里总会浮现出某个丰腴女人洗澡的情景：微胖的肉体在水蒸气里慢慢扭动，一对丰满的乳房不断跳跃着。

他有些躁动，一次次想扒在门缝上瞄两眼，甚至想直接推门走进去，可他一次又一次打消了这些念头。这种感觉就像他16岁那年，偷偷跟着邻居家的女孩一样，无论内心如何躁动，他最终克制了下来。

"这感觉像是爱情。"老王后来说。

地上的烟头多得像是六七个人抽完丢下的，老王在院子里一圈一圈地走着。他有些不知所措，不知道自己究竟是怎么喜欢上这个买来的女人的。

随着房门嘎吱一声打开，那个中年女人满脸欢喜地走出来。"你这可算是捡到大便宜了！快进去瞅瞅，保你乐开花！"那女人说完，一路小跑着离开。出门后，她不断向身边人形容着朝鲜女人的美丽。

老王先是发愣了一会儿，随后蹑手蹑脚地走到门前，却不敢开门。终于，他慢慢推开门，眼前只有一个空水缸，缸里还冒着热气，他脑子里一片空白，走路都有些顺拐了。跌跌撞撞走到里屋，眼前情形让他有些恍惚。

朝鲜女人一丝不挂坐在炕上，洁白的皮肤带着一些水珠，精致的面孔让他找不到合适的词藻去描绘。见老王进来，她连忙背过身去，紧紧抱住自己的大腿，一动不动。

这个女人会这么好看，是他想不到的，甚至连做梦都梦不到这么美的女人，他呆住了。他不由自主走到炕上，缓慢地把粗糙的手伸向她，刚要碰到她时停了下来，一把将她抱在怀里，仅仅是抱着而已。

原本老王不是这样的。他每次去县城找女人时，都会像饿狼一样，凶猛且粗暴地去征服她们。而此时此刻，他竟如此温柔。他双手不断抚摸着女人的肌肤，理智虽已被欲望焚烧殆尽，行为却很克制。

随着他干裂的嘴唇吻上女人的身体，最后的克制消失了。这一刻，他更加确信，自己爱上了这个女人。

三

事情很快传遍整个村子，所有村民闻风来到老王家里拜访。他的人缘从未如此好过，这天他早已丢得无影无踪的自信心，回来了。这归功于朝鲜女人，虽然她始终没说一句话。后来他给她取了一个名字，叫王翠莲。

接下来的日子里，老王像是换了一个人。他本来只是一个懒汉，以出租父辈传下来的田地维系生活，如今却开始拼命种地，偶尔出去打零工。

老王从不让翠莲干活，可能她唯一的工作只是和老王上床。老王竭尽所能给予照顾，时常给她买些新衣服，尽管她不经常出门；以前老王不舍得吃肉，因为她的存在，他时不时会买来一只鸡。

"你说老王到底是赔了还是赚了，花钱买媳妇，反倒是买了个妈。"

"你可别酸了，我要是买了这么漂亮的娘们，也天天把她当妈供着。"

"可拉倒吧，你别看他现在风光，保不齐这个小媳妇哪天就跟人跑了。"

"跑？为啥跑？老王对她这么好。"

"为啥？你不知道这些朝鲜人？他们来中国，是为了攒钱去南朝鲜的！老王对她这么好，不也是怕她跑了？"

关于这两人的风言风语从未停止过，所有男人都嫉妒老王，等着他出丑的那一天。他不在乎这些，他认为翠莲和自己之间是有爱情的。

两年之后，翠莲生下一个男孩，原本有些忧郁的她，因为孩子的降生慢慢变得爱笑。她开始频繁出门，抱着孩子到处走走。

老王不会教孩子，索性请一个老师上门教孩子说话、读书，翠莲对这件事产生了极大兴趣。老师教孩子时，她默默坐在一旁，跟着学习。

这在他眼里并不是好事。他没读过什么书，于是对翠莲喜欢读书的事情有些不满，但他没有反对，因为读书会让翠莲感到开心。他只能在床上表达自己的不满。

一晃又过去几年。在这几年里，老王家有了天翻地覆的变化。他挣下很多钱，原本村里最没有前途的他，成为县里公认的产粮大户，常有老板来家里做客。这让他经常想起翠莲到来那个夜晚，大雪纷飞，真是吉兆。

翠莲依旧只是负责照顾孩子，不过她逐渐变得知性，身上多了几分老王琢磨不透的味道。这么多年她没开口说过话，或许他一开始就认为她是哑女，只是不愿承认。

毕竟，翠莲在他心里，是最完美的女人。

四

在一个同样下着雪的傍晚，翠莲不见了。这件事如飓风，顷刻间席卷整个村子。

老王奔走在乡间的每一条道路上，寻找着，却都不见她的踪影，她好像凭空消失了。

他觉得翠莲被人绑走了，报了警。而村里的人都说，翠莲一定是跟着那些出入王家的老板跑了。甚至有人声称，看到翠莲上了一辆豪车。可当警察要这些人去做口供时，所有人都沉默了。

王家院子里很快挤满了人，如同那年人们来看翠莲的盛况一般。老王坐在门口，他曾坐在那里等待翠莲洗完澡。

"那个贱女人恐怕是跟人跑了。"不知谁在人群里说了一句。老王不作声，恶狠狠地盯着这群人，眼里充满血丝，使本就丑陋的脸变得更加恐怖。人们不敢再出声，陆续离开。

隔天，老王也不见了。有村民回忆称，老王连夜背着包袱去了县城，说要把翠莲找回来。而事实上，没人确切知道他的去向。

至于两人的孩子，没人再见过。有人说翠莲把孩子带走了，有人说老王四处寻找翠莲时把孩子弄丢了。

五

后来的故事，是一个在省城打工的村民告知大家的，他曾经在省城火车站的候车室里碰见过老王。

当时，老王正打算去另一个城市寻找翠莲。在这间候车室里，他看到一个女人，美丽、大方，穿着好看的衣裳。她身边有一个男人，两个人看起来同龄，有说有笑，十分恩爱。

老王紧紧盯着那个女人，因为她长得好像翠莲。后来女人注意到了老王，眼中充满好奇地朝他走来，两人四目相对时，他下意识转脸看向别处，并从怀里取出一张照片。

看着照片，再看看眼前的女人，老王的眼泪流了出来。他声音有些颤抖地问："见过这个人吗？"

对方没看照片，而是回头看了看远处那个男人，本想张口说些什么，却又合上双唇，随即微微摇了摇头。老王把照片放回怀里，没有再看她，转身离开。

讲述这段故事的村民一口咬定，这个女人是翠莲，她就是跟人跑了。

……

后来听说老王家那个许久无人居住的院子，重新亮起了灯，说是一个老男人在院子里定居下来了。

老男人不怎么出门。村子里的人认为，是老王回来了。可是谁也没有撞见过这个人，所以没法断定。

冬天的一个傍晚，又一个人贩子带着一个脏兮兮的女人，走进那个院子。人贩子要价2万元钱，老男人觉得不值，讨价还价后，1万元钱将女人买到手。

爱情这件小事

王清之

一

随着一声轰鸣，列车缓慢地开动。车窗外的石家庄笼罩在雾霾之中，看上去有些虚幻。三年前我初到石家庄，也是这番景象，那时向雾而来，如今又乘雾而去。

我在红旗大街度过了三年大学时光，这里集中了七八所高校，工院在最南端，与法商学院相临。学校的教学楼和宿舍区相隔两个车站，去宿舍楼路上我看到了各式各样的搭棚、配置着上世纪CPU的黑网吧、情侣频繁出入的青年旅舍。车底的道路早就被107路公交车轧坏了，布满裂痕，恍然间，我到了不包邮的边远山区。

当初我和杨哥一起去大学报到。那时他还没留起长发，更没有烫头，我俩一路畅谈理想，就未来发展问题进行了深入探讨，但没有达成共识。我们两人最先到宿舍，没多久其余室友陆续到齐，大家先是一番寒暄，之后决定找一个饭店，小酌几杯，拉开第一届429宿舍"座谈会"的序幕。

"座谈会"初期大家都有些聊不开，几杯酒下肚，话匣子才算打开，这边有"赵县一哥"，那边有"崇礼肉霸"，刺斜里杀出个"河间大学士"。杨哥更是以几句"我当时在我们学校也是比较阳光的""好多女生倒追我",奠定了在宿舍的统治地位。

二

军训过后,才算正式开学。我开始了图书馆、足球场、教学楼三点一线的生活,平淡不惊。

直到一天,杨哥和我说,他喜欢上一个姑娘。我说那敢情好,我这人虽然追女生从没成功过,但帮别人却是轻车熟路。

杨哥喜欢的姑娘我不认识,我决定从那姑娘的同班同学刘颖曼入手。我从刘颖曼那里打听到,姑娘名叫王韵由,还是单身,性格内向。

杨哥听完我的情报,加王韵由为好友,每日聊天。结果没过多长时间,杨哥说他失恋了,我看了他的聊天记录,得知是表白被拒。我刚想安慰几句,他却来了一句:"这就够了,我想,我知道爱情是什么了。"

我一时语塞。

此后,杨哥常在夜深人静时倚靠在窗前吞吐烟气。室友们很担心,要把窗户封死,怕他想不开。我和他们说没多大事,过几天就好了。

杨哥不再半夜起来抽烟,而是躺在床上单曲循环张国荣的《怪你过分美丽》,一连两个星期,张国荣的歌声在我脑海里不断回旋。我终于受不了,对杨哥说:"你赶紧把那歌关了,我接着帮你追那女生行不行?再这样下去,你不疯我可要疯了。"

听到这话,杨哥的双眼像是见了血腥的狼一般发亮,说道:"等的就是你这句话!"

"这个追女生啊，不能光聊，还要见面，网上和现实终究有差距的。没有机会创造机会也要见面，待会王韵由下来，你就假装和她偶遇了知道不？"在教学楼门口我对杨哥进行着指导，杨哥不住地点头。

等了十几分钟，依然没有见到王韵由，杨哥有些慌："坏了，咱是不是把她漏过去了？"

"你也太废了，自己喜欢的姑娘都认不出来。"我正说着，刘颖曼从楼里走出来，我问她王韵由呢。她回答："在前面啊，你们没看到吗？"我一拍杨哥，喊了一声："追！"

跑了两三百米才发现王韵由的身影，我急忙跑过去对她说："王韵由……好……巧啊……等等啊，我先喘口气。"

我弯着腰在那里大喘气，喘气间隙我望向杨哥，只见他深吸一口气，面不红心不跳，走向王韵由，说："你也刚下课啊。"

三

临近国庆长假，室友基本都回了家，只有杨哥留下来陪我，这令我十分感动，果真没白帮他追女生。假期第一天杨哥说去会友，不久就回来陪我，然而直到假期结束他才出现。

我独自在宿舍待了五六天，忽然接到刘颖曼的电话，她提前返校，结果发现没带钥匙，宿舍也没人。我开玩笑说，可以来我这里借宿。10分钟后，刘颖曼推开宿舍的门，看到一脸惊愕的我。没想到刘颖曼真敢来。

刘颖曼被我安排在杨哥的铺。夜深熄了灯，眼前一片漆黑，我还未从惊愕中缓过劲来，她说话打断了我的思路："我有点怕黑。"谁能相信，大学开学一个月后，我就和一个女生躺在一张床上？

气氛有些尴尬，我正想着要说些什么，刘颖曼率先开口了："我爸知道了一定会打死我的。"

"哦……"房间又陷入了沉默。

这一晚什么都没有发生。时至今日，我依然会沉浸于当时无所适从的情感中，那是我第一次经历这种事情。

我决定给杨哥打个电话，共同探讨一下。杨哥听我说完，发出杠铃般的笑声，几乎要撕裂我的耳膜。我说："你别笑了，给我分析分析。"杨哥没分析，只说我是一个傻瓜。

假期结束后，杨哥常对着手机傻笑。我好奇地伸头去看，他一把推开我。我转过头和室友们相视一笑。这时杨哥谈及王韵由，都要加上一个"我家的"。

我和刘颖曼搭讪，原本只是为了打探王韵由的情报，后来相互熟悉，联系日渐频繁，聊天内容也开始与王韵由无关。有一天她问我有没有女朋友，我说没有，于是她成了我大学期间第一任女友。

四

我和刘颖曼成为情侣后的第一次见面，十分尴尬。她约我散步，我去8号宿舍楼前找她，没想到她的室友、老乡、同学在那里蹲守，我慌了，仿佛自己是动物园里的大猩猩。

刘颖曼和众人调笑一阵，一把拉起尴尬、无措的我走了。"你们要去哪里啊？"她的朋友问。刘颖曼回头喊道："哪里黑去哪里！"我竟有些害怕。但走在路上，她并没有对我做些什么。

我问她为什么选择我。她说："联谊晚会的时候我坐在你附近，看着你的侧脸，觉得特别帅。"我为她的眼光感到担忧。

记得第一次和刘颖曼看电影的时候，电影开始没多久，她凑到我耳边略带着涩地说："我想亲你一下。"我把脸伸过去，她浅吻了一下我的脸颊。她看着我，我也只好看着她，几秒后，她问我："你不想亲一下我吗？"

我一时无奈，探头在她脸上啄了一下，她并未罢休："亲脸不行。"说着她仰了仰下巴，把嘴唇对着我。我遭遇了大学第一次挑战，给她一个法式长吻。

她问我："为什么你要伸舌头？为什么你这么熟练？"

"从电视上学的，而且这技巧在网上也经常看到。"她信了，并要求再来一次。

自那以后，刘颖曼似乎一天不与我见面就浑身难受，但凡有空闲就约我出行。我与她相伴，走遍了红旗大街。

我不是很能理解她为什么总想和我一起逛街，平常就一起吃晚饭，到美好的节假日时光，让我在宿舍打打游戏不是更好吗？

五

入冬后，刘颖曼为我织围巾，我和她说："别织了，我没有戴围巾的习惯。"她不听，一个星期就织好了。我按照她的要求每次约会都戴上，我觉得没什么，她却很开心。王韵由见了，也给杨哥织了一条。

那时候刘颖曼快要过生日，我偷偷向王韵由打听刘颖曼喜欢什么，打算给她一个惊喜。王韵由告诉我，她特别喜欢戒指，临了还说一句：

"好好对待我家刘颖曼啊，不然我可不会放过你。"我笑了笑。

王韵由十分内向，不爱说话，但每次我一调侃杨哥，她总会替杨哥反唇相讥，真是一个有趣的姑娘。不过他俩的恋情没有多久就结束了，我问杨哥原因，他说："王韵由问我爱不爱她。"

"你说了什么？"我问。

"问题就在于，我什么都没说。"他一脸无奈。

而刘颖曼，仍处于热恋中，她憧憬着未来，和我结婚、生子、终老。她的憧憬引发了我对于婚姻、人生、时间、命运的思考，我也像杨哥那样面对女友时变得沉默。刘颖曼很敏感，她看着我，冷冷地说了一句："好了，我知道了。"

那段日子里，我整日踢足球、打游戏，刘颖曼打电话约我，我想方设法推托。

杨哥对我说："逃避解决不了任何问题。"

"逃避不是解决问题的正确方式，但至少是方式中的一种。"

杨哥看着我，说："你当初教我的时候头头是道，轮到自己时却不知道怎么做了。"

"因为那时候，身在其中的不是我。"

刘颖曼终于提出了分手，可我并没有得到想象中那种摆脱桎梏的轻松感。我对她说："好吧，我尊重你的想法，祝你幸福。"这句话是不是善良的我不知道，但它确实是虚伪的。

成年人的世界充满虚伪，我也学会了虚伪。然而成年人要承担责任，我却没有学会。这段感情是因为刘颖曼足够勇敢而开始的，最终却在我的懦弱中结束。

半年后，杨哥决心投笔从戎，去边疆当兵。我说："失恋对你的影响再大，也不至于这样啊。"

"不是因为失恋，我是真的想去边疆历练。"

"你还是忘不了她啊。"

"半年多，早忘了。"

在火车站的探照灯光下，杨哥的影子被拖得很长很长。

"千万别捡肥皂啊！"我冲着他喊道。

他扭头，骂道："把你娘！"

前往拉萨的列车开动了，这一别将是两年。人生中重要的事情很多，但大多与爱情无关。

六

和刘颖曼分手后，我依旧整日踢足球、打游戏。我唯一的爱好是踢球，足球本身并不能让我感到快乐，我只是喜欢每一次胜利时的感觉。

足球队教练李老师提名我当足球俱乐部的负责人，我忙说："另请高明，我担当不起这份重任。"

一连推辞了三次，李老师第四次游说我时，说："刘备请诸葛亮才请了三次，这回无论如何也给答应下来。"于是我成了学校足球俱乐部的负责人。

在校园里，学生干部虽有些优越感，但我不像某些学生干部一样，利用职权解决自己的恋爱问题。倒也不是因为我的品行有多高尚，只是纵观这一二百人的足球俱乐部，几乎没有女生。客观环境，没有为我创造可操作的条件。

我室友伟哥说："我们社团有一个女生，对足球很感兴趣。"我不是很在意，只是叫他把我的联系方式告知对方。

那个女生叫康歌雅，她给我打来电话，说："我现在就在足球场，你可以来看看。"

康歌雅去足球场找我，穿着白色T恤和牛仔短裤，勾勒出修长的大腿和曼妙的腰肢，笑起来眉眼弯弯。那天她对我说了什么，我全然不记得了，只记得那时我就决定，要尽己所能给她一袭婚纱。

那年我19岁，康歌雅17岁。

七

我和康歌雅去过几次咖啡厅，我在留言簿上写下她的名字，她埋头写了一段话。我伸头去看，她不让，紧紧地抱着留言簿。我作势要抢，她尖叫着不肯撒手。

见此情形，她拿出一枚戒指，转移我的注意力，对我说："今天上街，看到这个戒指特别好看，人家只卖一对，我留了一个，这个归你。"

我为康歌雅神魂颠倒，舍友伟哥却有些闷闷不乐。他说："我们社有个女生很漂亮，叫高江月。社团里几个小伙子都很喜欢她，分别展开攻势，结果都失败了。现在他们见面很尴尬，社里气氛变了，我愁这事咋弄。"

第二天，我跟着伟哥去看了看那个女孩。她确实很漂亮。伟哥在一旁不忘跟我炫耀："咋样？是不是挺漂亮？王指导，你不跟着他们竞技一下？"

"你以为是九子夺嫡啊，我跟着凑什么热闹。" 我回答。后来通过伟哥我认识了高江月，她听说我在追求康歌雅，十分热情，要当我的僚机。

我又一次去找康歌雅的时候，伟哥和我打趣道："王主席你干吗去啊？"

那时正流行"壁咚"，我也就调笑了一句："我壁咚康歌雅去。"

伟哥听了自然不信："你快拉倒吧，你那尿样。"

我笑了笑，说："我要是骗了你，我'王'字倒过来写。"说完我就走了，伟哥嘴中叨念着什么"老哥稳""666""吾辈楷模"。

没过几天，我去球场遇到老乡，体育部的池部长。他一见我就满眼放光："王指导，听说你把人家给壁咚了？"他边说边笑，样子十分猥琐。

我陷入惊愕之中，不能理解这情况："完全没有这样的事，这是一小部分别有用心的人污蔑我，他们的目的很明确，就是朝我泼脏水，向学生干部泼脏水，一派胡言，我很气愤。"我装出一副"敢同恶鬼争高下，不向霸王让寸分"的样子。

"王指导，你别激动，我也是听别人说的。"

"池部长，你身为一名学生干部，要有自己的判断能力，怎么可以听信谣言呢？"

"可是好多人都这么说啊。"

"啊？"

八

429宿舍中充斥着一种肃杀的气氛，众人相视无言。"我们中出了一个叛徒。"我的声音打破了平静的局面。

伟哥面色苍白，对他出卖我一事供认不讳，并解释说："那日去开会大家没见你出席，互相询问，我就说你去强吻康歌雅了。这一下可算炸锅了，一传十，十传百，引起了轰动。"我追悔莫及，没想到随便开的玩笑居然成了这样。

事情已经造成恶劣影响，估计要不了多久，康歌雅就会知道。这时摆在我面前的只有两条路：一是"等待命运的宣判"，康歌雅知道这件事情以后把我当作变态，这段感情彻底挺尸；二是我破罐子破摔真强吻她一回，起码能够止损。

我把这事和僚机高江月说了一下，她比我还激动，十分支持我进行这项"伟大的事业"，甚至为我安排好了逃跑路线。我一时有些摸不着头脑：现在的女生都这么可怕吗？

之前担心康歌雅可能事后会报警，我和高江月借来金融学、经济学书籍，这些都是她专业课所学的东西，我们企图了解康歌雅的思维习惯。我运用逻辑推断的方式，进行理性辩证的分析，之后却没有得出任何结论。

作为一个执行力很强的人，当天晚上我就把康歌雅约了出来。起初，我打算在荒无人烟的宿舍楼后的小路上，实施我的计划。但我很怕在那样的场景下，她反应太过激烈，引出几位见义勇为的壮士，那我可能又要上一次头条。

那晚，我和她一直走到107路公车终点站。眼看就要回到人声鼎沸的闹市中，计划即将落空，我热血一涌，当机立断，叫了康歌雅一声。在她扭头看向我的一瞬间，搂住她。她二话不说就推开了我，我脑子一片混乱，这和网上查的剧情不一样啊！

事已至此收手是不可能了，我心一横，重整旗鼓，把康歌雅拥在107路终点站斑驳的墙壁上。我们在昏暗的灯光下，吻在仲夏烂漫的夜里。

九

"强吻事件"之后，我不太敢面对康歌雅，怕她再次见到我时，会提着砍刀追砍我两条街。恰逢省里的大学生足球联赛正在筹备，我每天都要参加集训。我决定先对她进行冷处理，躲几天看看。

到了足球比赛日，开场不到20分钟，我方已经0：2落后，后边我们踢得艰难，不过我们顽强地追回一球。就在最关键的时候，我攻入了扳平比分的一球，全场沸腾，所有目光聚焦在我身上，我望向场边，康歌雅一边笑一边看着我。足球挽救了我的爱情。

在二号宿舍楼下，我和康歌雅交谈着，双手搭在她腰上，她穿着初秋的针织衫，却无法掩盖她婀娜曲线。隔着衣衫，我也能感受到她曼妙的腰肢。

"亲一下？"我问道。

"不行，快滚！"她娇嗔了一声。

"搂都搂了，还不能亲？"

"那就别搂了。"

"别别别，当我没说。"

"那也不行！"

我看了她一会，开口道："做我女朋友行不行？不行我再想办法。"

她听了，先是一笑，而后说："你别想了，你家是坝下的，我爸绝对不会让我嫁到那么远的！"

虽然不知道为什么她想得那么远，但我还是很认真地说："我可以留在石家庄。"

十

康歌雅回去后，我也回到宿舍，躺在床上和她在手机上聊得火热。室友急匆匆地找到我，说："王指导，别聊了，出大事了。"

我看了他一眼，问："怎么了？"手中却还在打字。

"今天下晚自习，我看见康歌雅和一个男的手拉手一起走，她好像在和那个男的解释什么。"

我放下了手机，问道："你确定你看到的是康歌雅？我刚送她回宿舍啊。"

"确定！我又不是没见过她，更何况全校才几个身高在170厘米以上的女生啊。"

在一旁听到全部对话的伟哥，立即从床上蹿了起来，一脸怒气地向门外冲去。室友一把拉住他："伟哥你别激动，现在事情还没搞清楚呢。"

伟哥一边努力挣脱一边说："我没激动，你们拉我干什么？我去楼下给王指导买一根'绿色心情'。"

"买你个头！"我一只拖鞋扔了过去。

伟哥侧身躲开拖鞋，带领全宿舍的人为我高唱了一首《绿光》，然后一脸严肃问我："王指导，你打算怎么办？"

"我能怎么办，当然是选择不原谅她了。"

他们说我被"绿"了，我是不承认的，这明显是我"绿"了别人，但他们却不管这些，把"绿毛龟"安到我头上。对此我非常气愤，不是因为被"绿"而气，而是对于命运。

我曾害怕承担那份责任，到我敢于承担这份责任，甚至打算毕业后留在石家庄的时候，却遇到了这种事情。究竟是遇人不淑，还是命运的玩笑，对于我而言并不重要。

十一

第二年开学的时候，高江月拿的行李有些多，我去帮她，吃完晚饭后，我们一起到操场上看星星。

"老王，你想不想谈恋爱啊？" 高江月突然问我。这话说得太突然，我一时愣住，她见我没有反应，就说："不想算了。"

"啊！想，想啊！"这时我恍然大悟，赶紧说道。

高江月想在大学期间谈一次恋爱，因此她需要一个男朋友。而我需要一个女朋友，虽然我也不知道我为什么需要一个女朋友。我们两人一拍即合。

在旁人看来，我们是一对幸福的情侣。怎么说我也是学校的社团干部，而高江月是动漫社的社花，这不仅是我们两个人的结合，更是足球俱乐部和动漫社之间的联谊。

高江月问我："王狗，你知道我最喜欢你哪一点吗？"我表示不知。

"我最喜欢你吹牛，你吹牛的时候特别帅，感觉我整个人生都被照亮了。"到现在我也不清楚，她真这么想，还是和我在一起久了，学会了说反话。

说来高江月能忍受我也是不易事，我这人喜欢啃手指，她见了便叫我不要再啃。我一不输出革命，二不输出贫困，自己的手怎么还不能啃了？她说："我不想到时候一拉手，你手上全是口水。要么别咬，要么别拉，你自己选。"我只好暂时作罢。

但多年习惯又难以一朝而易，想啃手指的时候我就指着一处对高江月说："哎，你看那是什么！"她望去发觉中计，回过头来正看到我偷啃手指头。她怒火中烧，咬牙切齿地说："我领着你，就好像是妈带着孩子！"

除此之外，高江月还总是说我"直男审美""衣服搭配难看死了"。等她换了一身衣服，我也学着她的语气说："不是很好看，至少我不喜欢。"她很生气："别和我说这种话，我自己穿着，我喜欢，我开心。"

"你开心就好。"

十二

继因衣服审美发生争执之后，高江月开始问我爱不爱她。这我想起远在边疆的杨哥，我不能像他之前对待王韵由一样什么话也不说，于是赶紧对高江月说："我爱你。"

"我们结识不过几个月，哪谈得上爱情？"高江月很生气地说。她惊讶于我这么恶心的话都能说出口。

我把这事和杨哥说了，杨哥故作深沉地说："你这是成熟了。"我不懂，为什么说句"我爱你"，杨哥认为是成熟，高江月却觉得恶心。

"和你在一起没有恋爱的感觉。"高江月常说。可能是因为我醉心于学生干部的应酬和权术，而她渴望的我并不懂，如果我懂了，也不会是现在这个样子。

高江月生日的时候，夜幕覆盖华北平原，我们走在熙熙攘攘的街头，街上霓虹灯闪烁，她对我说："我允许你吻我一下。"我内心有些激动，看了看她的嘴唇，又看了看周围，没作声，继续走。

见我全无动静，高江月小声又有点害羞地说道："我说，我允许你吻我一下。"

结果我一脸娇羞地凑到她耳边，小声说："算了吧，周围人挺多的。"她听了，用看智障一般的眼神看着我。

快到她家的时候，她捧着大大的蛋糕盒、礼物盒，放慢脚步看着我说："这么大的蛋糕我吃不完。"我心里闷想：当然，别说你了，我也吃不完。

"不如我们出去租房住吧，一起吃。"

我虎躯一震，问了这辈子最蠢的一个问题："你这是在暗示我什么吗？"她笑了笑，看着路边没有说话。

我假装思考了几秒钟，20年来的热血一涌，说道："算了，我还是送你回去吧。"

十三

工院大渣男——杨哥，对我进行了深刻的批评教育。

我对他说："这不是上不上的问题，看上去这只是我们爱情事业的小问题，实际是与人民群众有关的大问题。吻了一个姑娘，要为此负责，还要扯上结婚、生子、给孩子上户口一系列问题，与其贪图一时快感，不如什么都不做。我不愿承担这份责任，也就不要去跨越底线。所以说，尿，一直是我秉持自身良好品德的前提基础。"

那晚我横竖睡不着，翻来覆去地想，才感觉十分后悔。最后我去找高江月，但这种事情实在不好说出口，于是念了一句诗："平生二十未云雨，一心愁谢如枯兰。"

高江月听后，骂了我一句"你是傻逼吗"，和我分了手。我感到十分不解、愤懑。分手这种事情我是可以接受的，这段感情能延续至今，已经算不易。我始终认为两个人的恋爱，是需要双方努力，我无法改变别人，所以只能做出退步。

感情的最初阶段，我和高江月会为小事争吵辩论。世界上本来有可以吵赢女人的男人，不过后来这些男人都消失了。为了我优良基因的延续，我选择闭口不言，因为我一直以来都想让她快乐。

可最后，让她快乐的人，没有挽留住她；让她哭泣的人，却被永远记下。

好运狙击手

张火麟

一

迈克是我认识的唯一一个杀过人的人，而且他杀过200多人。

我认识他是在2015年，他33岁，开一辆白色的奔驰敞篷跑车，每晚6点到11点，风雨无阻地出现在我工作的赌场门口。他是华裔，5岁就和外公、外婆、父母来了美国，中文极其蹩脚。

迈克爱打百家乐，下注方法简单粗暴：赢了平注，输了翻倍下注。他经常向新赌徒传授经验："好运来赌场的百家乐最高封注是2万多美金，所以无论输了多少钱，只要敢加倍，都可以赢回来！"他赌博的时候杀气腾腾，横冲直撞，没有几个新赌徒敢听他话。

最死里逃生的一次，他连输六把，连续加倍。按照他的规则，必须接着下注6400美金。他冷漠地看着面前刚输掉的3200美元筹码被荷官毫不留情地收走，继而从裤兜里掏出一个黑色绒布小袋子，小心取出一枚亮眼的玫红色5000美元面值的筹码，和他桌上原有的筹码一起凑足6400美元，毅然推上押注区。

我不清楚迈克什么来头，虽然一年四季穿着T恤和球鞋，但一把下这么多钱，连来我们赌场的大明星都没他这么大方。

荷官开牌前，他把近视眼镜换成了墨镜。我看不到镜片后的眼神，那张黝黑的脸庞上也没有任何表情，甚至嘴唇也不像其他赌徒紧张时一张一合地微微颤抖。

翻开牌的刹那，他的双拳砸在赌桌台面上，爆发出沉闷而有力的声响："I knew it！"他赢了。他把筹码拢到面前，长吁一口气，憋了许久，又说："我就知道，老天不会让我死的，很久以前就知道！"

这个迈克曾是一名军人，亲历过伊拉克和阿富汗战争，两次都活着回来了。

2015年夏日里的一天，迈克来到赌场。他右臂上露出的文身，吸引了隔壁一位白人大叔的注意："Devil Dog？"

迈克把袖子全部挽到肩头，让对方看了个仔细，问："是的！你也是吗？"白人大叔也把自己的文身亮出来，两人很默契地击了个掌，双手交握在一起，如同多年不见的兄弟、挚友。

我这才留意到，迈克的身上文着美国海军陆战队的英文，原来他是一名美国大兵！"Devil Dog"是海军陆战队老兵之间的密码。他和大叔聊得很热络，提到地名时会有意压低声音，我只隐约听到"阿富汗"这个词。

当时我在赌场当荷官，请迈克去赌场吧台喝过酒。和他聊天过程中，我了解到他从小梦想当兵上战场。上高中的时候，征兵署的专员去学校招人，别人犹豫不决，他最主动的。征召他的克里斯，狠狠表扬了他"服务"国家的决心。

迈克用的"service"这个词，结合他的语境，我教了他一个词："为国效力"。教完之后，我又有些后悔。他生在中国，现在是美国公民，穿着美国军装在别的国家"消灭敌人"，用"为国效力"好像有些别扭。

说到他父母的态度，他有些黯然："克里斯打电话给我父母，遭到了强烈反对。因为我预备要签入伍合同时不到18岁，他必须征得我父母的同意。我与父母谈了很久，才获准去追求我的梦想。"

迈克在圣地亚哥的美军基地接受学习和训练，成为海军陆战队中的一员。我问他："为什么这个词既可以是陆战队，也可以是水军、舰队呢？"

他哈哈一笑，回答："海军陆战队可以担当很多角色，既能被派遣去当伞兵，降落到地面参战，也能被派去核潜艇。而你无法要求一个海军去跳伞，明白吗？"我点点头，对他刮目相看。

其实，18岁的迈克没有想到，自己学的一切真能在战场上有用武之地。谁能想到会发生"9·11事件"，飞机会撞上五角大楼？谁能想到美国会对阿富汗宣战？谁能想到"敌人"会成为你必须要杀死的人？

阿富汗战争打响后，包括迈克在内的很多军人在基地接受特训，有针对性并且异常艰苦。迈克曾被丢在丛林里，不给吃喝，36小时内必须走到指定地点。因为上级通知："你们所有人都有可能被派上战场！"

2002年4月，迈克收到前赴阿富汗战场的通知。从军事基地回到家中与家人短暂地团聚过后，在约定好的日子，一辆军车开到他家门口，军官问他："准备好走了吗？"

这一句话，让他感到无上荣耀、热血沸腾，对他父母却像一句临刑通知。从未在他面前流过泪的父亲听到这句话，眼泪夺眶而出，而母亲早已泪流不止。

"据说我们是压倒性的一方，不会有人牺牲的。"迈克昂着头对父母说。

母亲哽咽失语，父亲说："战争不是游戏。你要保护好自己，要回来。"

二

在阿富汗服役的五个月，迈克懂得了何为人间地狱。

迈克是先遣部队中的一员。当他所在的部队在阿富汗边境集结、整装朝内陆进发时，他难掩兴奋情绪，偷偷拍下几张照片，记录自己冒险旅途的起点，而进入敌国战场是不允许私自拍照的。

不久，恶劣的战争环境打破了他轻松愉快的幻想。

阿富汗是一个昼夜温差很大的国家。在翻山越岭的跋涉中，这些军人白天被晒得汗流浃背，晚上四肢几乎被冻僵。浸在鞋子里的汗水，到了夜间会加剧脚趾的寒冷感，像是要结冰一样。那时他们有一条铁律：任何情况下不能脱去军装。整整五个月，他们忍受着骤热骤寒，没有洗过一次澡，没有换过一次衣服。每个人身上都臭气熏天。

战争期间，迈克没有在床上睡过觉，他说："如果行至山区，就自行找能掩护的地方睡；如果在平地，就每人挖个坑睡在里面，像是给自己挖个坟墓，天亮了没死再爬出来。"几百个大大小小、深深浅浅的人形土坑突兀地留在那里，如同一块块难以愈合的战争创伤。

军队的另一条铁律是：看见任何一个持有武器的人，必须向其开枪。如果对方没有开火，那目标是他的非致命部位，先把他击倒。而对方一旦开火，必须攻击要害，将他置于死地。

"在我们眼里，平民和敌人只有一个区别——拿没拿枪。即便拿枪的人不向我们开火，也要先把他打倒，再前去询问对方身份。如果对方同意投降，我们的医生会救治他。"

迈克所在的先遣部队有400余人，只有3名随军医生。所有人出发前都被注射了20余种疫苗，以增强抵抗力，抵御各种可能性的疫病。女护士是没有的，"只有男人"。

死亡，是区分游戏和战争最直接明了的方式。在游戏里，玩家死掉后，能以各种方式原地满血复活；而战争中，死掉的人就再也活不过来了。在迈克的队伍里，阵亡的士兵共有5名，全部是被山石背后射来的流弹击中，不治而亡。

死亡，让迈克看清了战争的本质，也让他开始怀疑自己在战争中的意义。阿富汗地势险要、山区广袤，易守难攻，先遣部队推进速度极为缓慢。迈克服役的这五个月里，他甚至感受不到他的部队在整个战争中发挥了什么作用。每个战士都是那么渺小，每天都受到来自死神的威胁。

他不再是那个来参加冒险旅途的热血英雄，只是一个每晚默默向上帝祈求"别让我成为下一个被流弹击中的人"的卑微凡人。

我曾问过迈克一个蠢问题："既然这么难打，为什么不直接用空军轰炸？干吗要牺牲士兵冒险推进呢？"

这时，迈克神态很威严，他说："我们不是很多人口中批评的屠夫，我们只轰炸敌人的军事基地，有平民存在的区域必须用地面部队清理。"

我感到惭愧，想缓和下气氛："那你们会救助当地平民对吗？"

他顿了顿，叹了口气，说："不会。没办法，他们不是美国人。我们能做的只是不攻击他们。攻击平民的人会被立即遣返回国，送上军事法庭。"

三

2002年10月，迈克被从阿富汗调遣回国，该次服役结束。他回到洛杉矶的家中时，母亲再次以眼泪代替了言语，父亲红着眼眶对他说："你真臭啊！"

迈克在回国前只洗过一次澡。他们的行动结束后，被拉到位于科威特的美国驻军基地。在那里，每人有15分钟洗澡时间，有简易床铺可以睡个好觉，等待陆续分批次被送回美国。现场拥挤忙碌，没有庆祝活动。

2003年3月，阿富汗战争双方仍在持续鏖战，伊拉克战争又将打响。驻守在圣地亚哥军事基地的迈克，收到了他的第二份战争服役通知单：国家需要你即刻启程，投入解救伊拉克人民的战斗。

2003年3月20日，是伊拉克战争正式开始的日期。3月21日，是迈克再次落地科威特美军基地的日子。他的新队伍从基地向北方沙漠进发，朝巴格达挺进。

由于迈克是为数不多的有过参战经验的老兵，他在新战争中被授予中士军衔，没有太大的职权，更多的是作为一种榜样般的存在。他被很多新兵簇拥着，那些20岁不到的小伙子纷纷热切、好奇地向他打探战争究竟是什么模样。"马上你们就会知道了。"他回答。

伊拉克战场是比阿富汗战场更加可怕的人间炼狱，这里不仅有流弹，还有布满大街小巷的偷袭炸弹，一声巨响，尸骨无存。巴格达的人口密度远高于阿富汗山区，尸体多得来不及被清理，瘟疫在这里悄无声息蔓延开来。

　　迈克告诉我有两件事情最可怕：一是经常要在混合着尸臭的肮脏积水中匍匐前进，二是地面部队不断遭遇隐藏在城市各个角落的地雷和炸弹的袭击。在拆弹部队尚未及时清理的区域，士兵们用生命在探路。

　　迈克带领的十人小队中有一名叫Lee的19岁韩裔少年。他是队伍里为数不多的亚洲面孔，他和迈克最熟，饶有兴致地充当迈克的跟屁虫。

　　有一天，他们一路见到被炸得粉身碎骨、隐约看得出身着美军军装的尸块，晚上Lee悄悄爬进迈克的坑里，哭着鼻子问："主会不会庇佑我们，让我们活着回家？"

　　迈克把他的头按在自己肩膀上，用力拍着他的背说："一定会的！要勇敢，不要想会不会死的问题。那个问题就留给主！主不会因为你的勇敢而让你去送死，也不会因为谁怯懦而帮他保住性命。"迈克的话让Lee豁然开朗。

　　第二天，在和平常一样的推进战斗中，Lee表现英勇，冲锋在前，在一栋房子的拐角踩中一颗地雷。那一秒钟，迈克眼睁睁看着Lee年轻的肉体在正前方被炸成七零八落的碎块。

　　迈克像是被雷击中般，浑身刺痛地打了一个寒战，他含着热泪朝其他战友大喊："走！走！走！"他在心里向Lee告别，但他没有权力为其善后。

　　Lee的遗体和其他死去的人一样，由同样来自海军陆战队的"cleaner"（捡尸员）负责处理。先遣部队开路，捡尸员紧随其后，负责烧掉或者掩埋敌方士兵和平民的尸体，以及辨别、收集、整理残缺破碎的美军遗体，尽可能将他们拼凑完整，送他们回家。

　　军装和dog tag（士兵姓名牌），是判断尸体是否为美军遗体的关键所在。不知道自己什么时候会死，但至少死后能躺在棺材里荣归故里，这是士兵们被严格要求任何时候都不能脱掉军装的原因之一。

Lee的遗体碎块被贴上标签运回美国。他的葬礼举办得很匆忙，不是每个人都愿意看到开战初期便不断有士兵阵亡。而葬礼当天，迈克正步履艰难地行走在充斥着炮火和瘟疫的巴格达的大街小巷中。

前方部队出现的伤亡情况超出预期，需要从后方部队调兵增援，一名叫吉布森的黑人年轻士兵极不情愿，但不得不前往，加入迈克所在的部队。

在一次小规模交火中，吉布森违反命令，在本该进攻的时候向队伍末端逃窜。上级即刻要求展开对他的调查，如若他的上级和队友都给出"吉布森是个胆小怕死、不遵军令的士兵"的证词，他会被立刻遣返回国并移交军事法庭。

作为吉布森的直接上级，迈克打算给他一次机会，期望以激励的方式让他勇敢起来，像个军人那样战斗。迈克对他说："不久前牺牲的Lee，是我们队伍里的英雄，而你想要做狗熊吗？发挥出作用来，难道你这种大块头的用处是挡子弹吗？"

吉布森反倒更害怕了，他说："我不愿意把命赔在这个鬼地方，我要回家，无论什么后果都好！"他注定要当个逃兵。

吉布森是伊拉克战场上的第一个逃兵。为了给后来的士兵起到警示作用，吉布森受到了特别"优待"，被遣返回国后，他被军事法庭判处10年监禁。

"那他应该已经被放出来了？"我在心里算了算时间。我想，韩裔美国人Lee，默默无闻地死在了战场上，倒是土生土长的吉布森保住了性命。

迈克扬起嘴角，一脸鄙夷地说："是的。据说他过得很不好，找不到正经工作，也领不到老兵福利。人们不会把他当作特殊囚犯而同情他，他和任何罪犯一样，让人退避三舍；而在我们老兵眼里，他比敌人更加不可饶恕。"

四

迈克瞧不起窝囊的逃兵，因为自己是一个极其勇敢的人。

战场上谁都不愿意操纵重型武器，因为那样会让自己成为敌人的首要目标。Lee去世后，迈克带着对他的愧疚，主动请缨做重机枪手。后来他成了首批地面部队成员中歼敌最多的狙击手之一，官方说法是"他消灭了两百余名敌人"。

2005年，迈克光荣退伍，获得了一系列学习机会，后进入政府部门工作。由于他被确诊患有PTSD（创伤后应激障碍），每月可以领取一定数额的精神补偿费，我认识他的那年，他的月收入在5000美金以上。

迈克时常感慨："我算是非常幸运的，在伊拉克战争中获得表彰才让我拥有了这一切。有很多退伍老兵没有享受到应有的福利，晚景凄凉。"

我不知该怎么评判，这话题未免太沉重了。我小心翼翼试探他的精神状况："创伤后应激障碍很可怕吗？"

他垂下眼帘，声音低沉地说："是的，我常常做噩梦，陷在硝烟弥漫的地狱里无法脱身。可最惨的是那些捡尸员，他们一辈子都活在充斥着残缺的尸体和恶臭的梦魇里，他们之中有很多人疯了……"他摘下眼镜，手背用力地揉搓着双眼。

话说到这里，我渐渐理解了迈克的赌博方式。他受到过太大的刺激，心中留下了生与死强烈撞击后产生的空虚，没有更多的刺激感去填补这些空虚，他会活不下去。而赌博，是一种很好的填补方式。只希望他不要输得太惨，有足够的本钱继续这种生活。

2015年年底的一天，迈克像往常一样来到好运来赌场，转了转场子，在一张有熟人的牌桌前坐下。数把起起落落的小输小赢后，迈克连输七把。如果要继续以翻倍下注的方式把本金赶回来，那接下来的一把他需要下注12800美金。

他强作镇定地从黑色小绒袋子里掏筹码，一次性押了12800美金。此时他应该已经动用了5枚面值5000的筹码。他换上太阳眼镜，但这次的状态和以往任何时候都不同，他搁在台面上的双手微微颤抖，嘴唇泛起乌青色，面色显得更黑了。

两张扑克牌被迈克以最虔诚的姿态缓缓搓开。他嘴里念念有词，或许在祈求再次遇见奇迹。奇迹没有出现，他又输了。人群中开始有人责怪他"牌看得不好"。不管怎么看，牌都是不会变的。

任何一个赌徒，都会在某个时刻栽一个很难爬起来的大跟头。我有非常不好的预感，今晚轮到迈克栽跟头了。鲜艳的玫红色筹码，一枚接一枚地被他掷到桌上，仿佛赌场正在一点点榨掉他的鲜血。我不忍心再看下去，走开了。

当我再次回到迈克所在的牌桌时，他一只手撑在膝盖上，另一只手死死攥着那个空荡荡的黑色布袋。那牌桌旁围了很多人，我看不到他的双眼、表情。保安走过去问他："先生，你还换筹码吗？"

迈克缓缓掏出钱包，把所有的钱都掏出来，100元、20元、1元，推给荷官，换来一小撮筹码。转瞬间，这些筹码就被那张赌桌吞掉了。

在旁人催促的眼神下，他默默站起身，把那个变了形的布袋揣进裤兜，步履蹒跚地走出赌场。他左右摇晃的背影，孤独而凄凉。

在那之后，迈克一直在输。

五

有一天，迈克给我打来电话，向我借钱。我问他想借多少，他想了很久，小声地试探我："2000行吗？"

"1000，我会尽快还给你，行吗？" 我没有答话，他立刻改口。

"行，不着急，有钱了再还。" 我悄悄叹了口气，鼻子有些发酸。

借了钱以后，迈克消失了。圈子里流传着关于他的流言：他从赌场的好些熟人那里借钱，输光了，跑路了。

当迈克再次出现时，是2016年年中。他在赌场四处转悠，像什么事都没有发生过一样。他不再去VIP大桌打牌了，只是偶尔在最低下注区的小桌前坐下玩几把。

迈克看见我时，主动走过来："我还欠你1000美金，我有钱了就会还给你。我一定会还给你的。"

"好的，不着急。"

迈克大大方方告诉我之前从赌场消失的来龙去脉。"你知道吗，那天晚上我输了12万筹码，我全部积蓄就是那些筹码。" 我惊讶得说不出话来。

"我当时信用很好，工作和收入都很稳定。我向银行和网络平台借钱，借了很多钱，一个月利息就有1万多美金。后来我找爸妈、妹妹和亲戚们借，到最后认识的人都借遍了，还借了高利贷。"

接着，他苦笑着说："不过现在不会有人借钱给我了，很多朋友连我的信息都不回，怕我又要借钱。对了，你上次教了我一个词，叫'为国效力'，现在你能再教我一个词来形容我的现状吗？"

"等我想到合适的词了再教你。"我心里默念了一句"众叛亲离"。

迈克还不上贷款利息，申请破产，3月份法庭判了破产保护。信用分数从879分一下掉到535分，所有信用卡都被取消。他挠了挠头，把手插进衣兜，幽幽地说："为了还高利贷，车也卖了。我妹把她淘汰掉的那辆车借给我开，这样也挺好，省油。"

"那你还有钱来赌博吗？"我问。

"这是我唯一能快速把钱还完的办法了。"

我知道他改不了了，只要他还活着，也许会一直赌下去，或大或小。

"我现在搬回爸妈家住，可以省很多钱。他们对我很失望，一直不理解我为什么要去参军。如果不参军不上战场，或许我不会迷恋上赌博，更不会破产。"

谁能想到呢？父母把他从家乡带到美国时，怎么想得到儿子今天会处于这种状况？这里给了迈克一个美国制造的军人梦，让他在战场当上了真正的英雄。可最终，这名英雄倒在了赌场看不见的硝烟里。

禅与汽车维修艺术

陈楚汉

一

去年夏天，我做了两个决定：搬离北京，去修车。

我一直喜欢干体力活，它们让我心安、踏实，晚上睡得香。我之前的工作一直涉及争论，记者、编剧或是自由撰稿人，你做得好坏取决于别人的评价。怎么看待、如何评价、是一种什么样的体验，网上充斥着这些诱惑。还有中产焦虑、舆论狂欢、inner peace，我见不到新鲜、真实的感情和词汇。

去修车前，有一部剧很火，叫《东京女子图鉴》，我写过评价：现在网上的人，都是一具具"三观行走机器"，浑身上下除了三观，狗屁没有。我的朋友杜修琪有个绝佳的比喻：驱动。这些人要硬件（身体素质、"正面刚"的胆量、动手干活的能力）没硬件，要软件（审美、才华、情绪感知）没软件，就剩下驱动（三观）。"生活如此具象，而我却活在抽象里。"他说。

做决定前一周，我遇到一个篮球球友，他之前给杜蕾斯做营销，刚辞职。我问："你准备去干啥？"他说："我刚去了一趟山西，去找拉面师傅。"我问："拉面？"他说："我小时候特别喜欢吃拉面，我小学附近有一家兰州拉面馆，每次去吃吧，我就看着拉面师傅在那儿抻面，抻得差不多了，砰地一下，把面团砸到砧板上。"

这砰的一声，一直撞击震荡着他的灵魂，勾引他惦记这么多年。快辞职时，他到处打听哪里能学这种砰的拉面，周围人都只知道新东方，他不服，觉得要正儿八经拜师、学艺，听说山西有老师傅能教这个，于是跑山西去了。"找工作的事以后再说，现在我一定要拿两个月的时间把拉面学了。忍不了了。"

我喜欢汽车，每次采访，我都尽量多在当地待着，租一辆车到处跑。修车于我是一项实用技能。出发前，我和杜修琪甚至想过：等我学会了修车，我们要在农村买一辆二手车，然后直播拆车——把一辆汽车变成地面上一万多个零件。

抱着这些疯狂的想法，7月，我找到了一家4S店，开始一个多月的学徒生涯。

二

在车间，8点20上班，晚上6点下班。开工前先拖地，做早操。行政经理领操，他边伸展边强调："节奏啊节奏，大家要跟着我的节奏来。"

做完操，售后总监训话，他说话喜欢重复。我第一天来上班，他跟我说了三遍"社会上对4S店歧视很重"——我第一次知道原来4S店在社会上是这么个形象。这天早操过后的早会上，他对我们训话："这个月客户投诉直线飙升，啊，直线飙升。主要是针对我们的机修班，啊，机修班，机修班。"

每天上班10个小时里，有8个小时在换机油和减震，也就是所谓的保养。第一天，中午店里送来一台S3，又是保养。前减震拆完，很顺利。拆后减震时，我问副组长峰哥，要么这一个我来吧。我没好意思说我也看了好久了。

说是峰哥，其实他1996年的，比我还小3岁。我们车间维修工的出生年份平均在1997年与1998年之间。我跟峰哥说想学修车，他说："你年纪大了。"我上次得到"你年纪大了"这种回答，还是16岁读高中想辍学打职业电竞的时候。

峰哥看我一眼，说："想多了，吴磊！"

我第一天来，被分进他这组的时候，他问我："你叫什么？"

"陈楚汉。"

"你长得像吴磊。"

"吴磊？那个明星？"我听说过这个人名，内心窃喜。

"不是，刚走的一个学徒，跟你长得真像。"

"哦哦，我叫陈楚汉。"我马上掩饰自己失望的情绪。

峰哥点点头，表示知道了。但在那以后他让我做事都叫着"吴磊"，"吴磊你过来""吴磊你把灯打着""吴磊你把灯还回去"。

这时，峰哥提着扳手走到后轮去了，我乖乖拿起灯，给他打上。他先用扳手拧，边拧边开骂："捅你个妈啊，这么紧，妈的。"

车间里每个人都骂人。一般来说，谁拿扳手谁开腔，边修边骂，要是没修好，就放下扳手，停下嘴，给下一个人。下一个人上一秒可能还嘻嘻哈哈，接过扳手就满脸怒容、骂骂咧咧。后来待久了，我一拿扳手也开始了："我捅你妈啊……"

峰哥胳膊上青筋暴起，螺丝纹丝不动。轮胎下面空间很小，我想帮忙也帮不上，只能尽量蹲得低一点打灯。

努力无果，他休息一下，看了一圈，没找到闲着的人，指望我肯定不现实，只能继续骂："我日，这么紧。"

他仔细看了一圈车胎。减震器主要由弹簧和防尘罩组成，保证车在崎岖山地等路况上尽量平稳。由于年久失修，这辆车的螺丝连接处已经生黄锈了，又都是泥土灰尘，非常难拆。

峰哥怒了，转身去拿十字扳手。趁他不在，我试着拧了一下，一上手就知道自己脑浆糊了。我使出全身力气，连管子上的灰都没动一下。他拎着十字扳手走回来，骂声不绝。他装上十字扳手，把整个身体压在扳手上，憋红了脸，他的身体上下压动，车都晃动了，螺丝一点没松。

这次峰哥不骂了，他叉腰站着，目视仓库，小口喘气，说："太紧了。"

我也站起来，随声附和："真他妈紧！"

这时，组长小凯走过来。

如果把维修车间比作三国，那我们维修部机修班一组组长小凯，绝对是赵子龙式的人物。话少，枪多，不爱笑，就是有点矮。小凯在车间干了好多年，一年做几千次保养，清楚4S店保养收费有多大水分。但他的车从不自己做保养，都拿到4S店去做，我问为什么，他说："做腻了。"就连骂人他也讲究一个快准狠，二组学徒小志装不好底盘，说底盘有问题，组长回道："别拉不出屎怪茅坑。"

我来车间第一天，经理把我划归小凯带，但他一句话都没跟我说过。那时正好写半年总结，大家绞尽脑汁凑字数，有的来问我"受宠若惊"和"感恩戴德"的区别，有的问"宗旨"的"宗"怎么写。尽管小凯坐我旁边，但他遇到不会写的字都自己拿出手机查，从来不问人。直到快下班，他才问我："你是银行的？"我没反应过来，点了点头。等他走了，我想起自己带了个笔记本，放在书包上，那是我爸的，上面写着"中国××银行"。

组长先转了一圈，看看，没去和螺丝较劲。他先把轮胎握住，转了转，伸手够到驾驶室里的方向盘，往左打死，这样整个减震器的内部构造就暴露在我们眼前了。他找到两根固定减震用的螺丝钉，左手握住扳手，用开口固定螺丝一侧，右手拿起气动扳手，打上去，两根螺丝钉松动，整根管子都软趴趴耷下来。完事，他点了点头，走了。

我在原地惊讶又仰慕，峰哥再次拿起扳手，扳动剩下的螺丝，边扳边骂："我捅你个妈啊……"

三

车间里每个人都有自己的癖好。

峰哥修车时喜欢骂人，不修车就和女朋友聊天。小凯喜欢蹲在车间门口"严禁烟火"的标语底下抽烟。三组学徒杰哥喜欢比较哪家电商的苹果手机最便宜，后来他终于买了一台，第二天就不上班了。张师傅喜欢吃特别辣的跳跳鱼。而年龄最小的学徒小志，喜欢吹牛。

16岁的小志热衷于辨识各种豪车车标，但车间每天接的不是国产车就是一些"低档车子"，他只好看四轮定位仪上的豪车图标过过瘾。有次他让成思认迈巴赫的车标，成思没认出来，小志笑他。峰哥马上说："成思开了三年吊车，你算什么啊？吊车不比你狠？"

周五，有辆英菲尼迪在店门口的马路上出故障了，就近拉来修，所有人都围过去看。这是一辆银色的SUV，流线的车身，崭新的车漆，不生锈的轮胎——要知道，我们这里哪怕是新车都有生锈的。小志也来了，但他转一圈，有点不屑地说："这车才50万，不算特别好的。"

小志吹过的最大的牛是，自己屋里的猪一年要吃30万元钱饲料。

车间三个组，我们一组和二组玩得最来，三组组长30多岁，指标重，压力大，总是在接车、修车。其实，修车这事一个人动手就够了。每个组分工都很明确，一组我打灯、轮胎换气、测气压、拆减震、换机油，其他所有的、真正需要力气的是峰哥做，我俩做不了的技术活让组长来。

二组成思出力气，学徒小志就和客户聊天。按理说，客户是不准来车间和我们直接沟通的，他们的要求得通过客户代表告诉我们，以免私下修车。车间和客户休息室之间只隔着一片透明的玻璃，客户坐在休息室，连上WiFi，玩玩手机，喝点饮料，我们怎么修他们都看得到。

多数客户是不信任我们的。他们会站在旁边看我们怎么修，有的甚至站在旁边打游戏。其实，我们的零件要报备，偷工减料也赚不到什么，换下来的废品都摆在外面的回收架上。最多也就是换机油时，一瓶机油倒不完，组长会把剩下的攒起来，大概一个月能攒一瓶，值200元钱。

无论如何，和客户扯淡成了我们工作的一部分。成思有技术、有力气，但不会和客户聊天。他和我们飙脏话一套一套的，和客户说话就结巴。小志懒，技术不行，除了换机油（有次还喷了我一身），其余时间成思都让他和客户聊天，自己也好专心修车。

有次来了个汽配城的老板，一般这种行内的客户非常难缠，会挑各种毛病。但那天小志发挥极佳，让客户聊起自己的发家史，嘴就没停过。那客户说自己有两辆奔驰，但平时只开国产车。"那些小车，有个屁用啊，给你挣钱的不就这个车吗？"那人说。

从豪车聊到拉货的三辆五菱，"五菱宏光不行。五菱之光好，能拉接近3吨货。五菱荣光也不行，一堆毛病"。再聊到拉货怎么躲交警，"赶在11点出发，2点之前回来，你别赶到9点半到11点，他正上班没事干。你赶到下雨，早上7点去，9点半回来"。

这位客户有三个驾驶证，全是假的，超载被捉住交一个，不要了。有次因为光膀子拉货、没系安全带被查。"好，好，靠边，靠边，我就往后倒倒，看着后面有辆大货车我加着油门往后倒。我滴娘耶！停停停停停！他（交警）怕出交通事故，其实我看到大货车了，吓他一下。"那客户说，"罚款，罚呗，我说钥匙给你，（罚款）多了这车就是你的，我你妈，我走回去。他说那最低罚吧。我说你看着搞吧，我真不要了，这车卖不到2000块钱，就牌子值钱。他说罚100吧。罚100罚什么？别罚了。最后罚多少钱你猜猜。10块钱！得到银行交去！我说别罚了哥们，以后我给你买两根冰棍不就行了吗？他说不行，探头照着呢。好，好，罚，罚，罚10块钱。没扣分。"

客户很开心地和小志聊了一下午，关键是小志也很开心，还秀了一把英语，"good morning""good afternoon""good evening"……

小志读技师学校，处于半辍学状态，他说不想读了，身边好多同学都跑了。学校是封闭式管理，快递都不让送。"快递员怎么办？拿个梯子爬围墙上去，还上了新闻。"开学时，学生交给学校3000元钱押金，跑的时候押金和行李都不要了。等到学期末，老师很荣幸地宣布："去年，我们学校跑了800人！今年，我们学校才跑了200人！"

"在技校，用钱可以解决任何问题。给辅导员塞钱，打架没事，爸妈来问也没事，还说你儿子表现蛮好。"小志还说很后悔暑假来车间，有同学去开吊车，一个月赚1万多元钱，而且那周围都是荒山，想花钱都没地方花。

这天晚上聚餐，桌上随处可闻"你是不是男人""酒都不喝能干什么""酒喝得少说明感情不深"这种话。小志反复劝我喝，我被劝酒时一次就抿一小口，酒过半巡我一杯啤酒都没喝完。小志看到了，不满意，说："兄弟，看得起我，一定要把这杯干了，喝完。"他举起啤酒，一饮而尽，然后直勾勾地看着我，我看着他的眼睛，把酒倒进碗里。上菜前他给我递烟，递完偷偷告诉我，他其实不会抽，吸到嘴巴里就吐出来了，问我烟是怎么抽的。

十六七岁的他们，空空如也的钱包里藏着一张一美元纸币，讨论长城到底值不值得去，上高中是种什么样的体验。嘴上说着不打《王者荣耀》，看不起，觉得这游戏是小学生玩的，其实他们一个个都上钻石了。

四

三组中杰哥以外的其他人都忙得很，除了吃西瓜，酷暑天他们忙得进不了休息室。杰哥是2000年出生的，他无心学车，天天跟我们混。每次他从三组溜达过来，峰哥就喊一句"狗屎杰"。据说杰哥有一块价值十几万元钱的手表，但我没见过。他说自己有个北京的亲戚，在二环有套大房子，以后要去投奔。

来车间第二天下午，和杰哥拧减震器时，一时分心，我擦到了手掌，顿时手心淤血，很疼。我没说话，杰哥发觉了，问我："是不是搞伤了？"我说没事没事，但其实还是疼。

等装好减震，杰哥跟我说："你要注意点，这个破地方，受伤了没人管的。你只能自己注意。"

"为什么不戴手套呢？我看规定说要戴的。"我问。

"嫌你戴手套做事不行啊，所以都不戴手套。经理（技术总监）和副经理从来不戴，那你还能说什么呢？"他说。

我做学徒的时候正值酷暑7月，车间里十分闷热。二楼的钣喷车间，不通风，铁皮顶棚，据说室温达到60度。休息时，我们坐在油漆桶上，让工业电风扇对着我们吹。新闻上说每个人都有高温补贴，一天200元钱，组长却说："为了2天400块钱丢了工作，不值得。"

早上训话时，经理说："大家有中暑症状就要来我的房间拿药吃，藿香正气水啊。大家不要觉得药苦，良药苦口利于病啊，良药苦口利于病，忠言逆耳利于行啊，忠言逆耳利于行。没有药是甜的，嗯，没有药是甜的。除了小孩子1岁之前吃的那种。"

有一次给车排气，一条长长的管子从车间顶部拉过来，连到车上。我第一次见这个，站在旁边。还没反应过来，杰哥拉着我往休息室跑，边跑边说："这个气味有毒的。"

每天午饭前，杰哥会去客户茶水间的小卖部买海带，悄悄放碗里吃。有次被峰哥发觉了，他指着我说："你信不信我要他把你写到书里去？就写'阴险狡诈之徒'。"我曾说之前在银行工作，业余时间写网络小说。

车间里每个人都有自己的修车哲学。组长修理国产电路的办法是，拆了装；喷漆师傅说，可以用电脑（故障诊断仪）玩《王者荣耀》；技术总监教我，修理"著名"的大众速腾的拉缸故障，把故障灯灭了。

杰哥做了一年多修车工，技术不怎么样，但也有自己一套独特的修车哲学。他教我给轮胎打气，轮胎气压一般是1.80bar或者2.20bar。多了就放，少了就打。我每次都想完美地打到2.20bar，但电动打气筒可能按一下就多了，放一下又少了。

杰哥非常随性，比如2.20bar的胎压，只要显示数字在2.20bar—2.29bar之间，他就不打了。我们一起给轮胎打气，我打前右轮时，他已经把两个后轮打完了，走过来，看见我在那儿微调，马上制止我："不用搞了，差不多就行。"

我去打第二个，还没开始微调，刚到2.26bar，杰哥一把把我的打气筒夺过。从此，只要我跟着他给轮胎打气，他就不许我准确地调到2.20bar。

心细的杰哥还会把自己对客户心理的研究教授给我：装轮胎时，虽然他既不按对角装，也不先松后紧，但每次拧紧轮胎螺丝时，他都会假装很用力，"手都在抖"。

在车间，杰哥独一无二的修车智慧解决过一次大问题。有次，一个戴着眼镜的车主来修车，说右前车窗升降时感觉有震动，走索赔。我们最怕这种车主：车出的不是安全问题，属于可修可不修的；走索赔的意思是费用厂商付，苦力我们出，谁都不赚钱。

但车还是得修，单子开出来，组长拆右车门内侧。把车窗升降器拆掉，换上新的。打开内车门的塑料盖时，一直在旁边的车主说："这胶等下能不能给我还原啊？"问了两遍没人回。一会儿组长说："嗯。"

这是大家不喜欢修非安全故障索赔车的第三个原因：车主非常谨小慎微，维修区旁边就是休息区，有透明玻璃可以看维修全程，还有空调可吹，电视可看。但多数车主大概怕我们搞鬼（偷梁换柱什么的真的一次没有），多数都会和我们一起，待在维修区的热风里，全程监视我们。

换完再试，右前窗的升降还是和右后窗不一致，同时按按钮，降的时候还没区别，升就慢了。其实也就慢了半拍，但因为是同时升降，所以很明显。

眼镜客户不满意了，说："我这车之前都没拆过。"意思是我们把车窗的"原包装"都破坏了。这是不喜欢修这种车的第四个原因。车主一般什么都不懂，也不是真心觉得有问题，就是想着既然走索赔，可以换一个新的，不修白不修。但事实上，每修一次，都是螺丝、钉子的拧松，拧紧，4S店的装配水平很差，肯定不如原装的装配严实。这还是看不见的部分，一旦车主看到自己送来检修的车子不是"完好如新"，怕是又多口角。

还没修好车窗，峰哥背过身，翻一个白眼，走了。组长不说话，拿起风炮，接上打气筒，对着车窗的内侧运行轨道冲刷。他以为把灰尘都吹掉，能让升降器运转得平滑些。

结果还是不行。修车多数时候就是这样，你只能追求一个次优解。组长不放弃，拿着气筒一条条缝喷。

这时杰哥来了，他上午请假没来，杰哥让组长先到一边休息，于是我们都回到维修工休息室了。过一会，杰哥过来说："修好了，车开走了，车主很满意。"

我们震惊，问杰哥怎么搞的，连组长都没修好。杰哥说："我把右后窗也搞慢了。"

五

每天白天，我和工友们一起修车。晚上回家，我就把见到的、听到的和学到的全部整理成文字，最后整理出40多份文档，十几万字。比如，在车间第二天，我在"学到了什么"这一栏记录的是：

- 使用气动扳手，更换气枪、气压计、扳手；
- 观看更换减震器（保留弹簧）；
- 看灯（还须再次实践）；
- 观看轮胎拆胎机和四轮定位（复杂）；
- 整理、丢弃废物到旧物展示架；
- 观看更换刹车片，拆装刹车盘；
- 独立读、测轮胎气压。

就在这天，我喜欢的美国记者盖·特立斯来了中国。在朋友圈，我看到很多前记者都在分享他的讲座。特立斯说："你必须将同一个问题问十遍，并获得十个答案。"说得很棒，但我知道，等他走了，也不会有更多的人提笔。现在每写出一篇稿子，聊稿子的人数会是写稿子的一百倍。这天下午，我在备忘录里写道："Everybody is talking about something that nobody has ever done.（每个人都在谈论没有人会去做的事。）"

严格来说，我仍然没有学会修车，我只学会了做保养：测胎压，换机油，拆减震等等。但这已经是普通修车厂80%的工作内容。

一个多月后，暑假结束，小志、杰哥回到技校，峰哥、张师傅去省城找待遇更好的工作。机修一二组合并，只剩下熟练工的车间开始变得沉默。这时，我朋友的剧组勘景恰好缺一名司机，于是我跑去甘肃开了一个多月的车。我们在大雾中穿越甘宁省界，在夜雨中的白银郊区飞驰，最多一天开了15个小时的车，终于找到了合适的景。

　　然后，我回南方农村新租的屋中，写下了这些，我修过的车，我走过的路，以及我可爱的工友们。

　　桌前，我想起了在车间的一天午休。那个中午闷热得如同车间里所有闷热的中午。大家在休息室午睡，我想问峰哥下午几点上班。但我发现自己找不到合适的词来提问。

　　"几点开始上班？"太白领。"几点干活？"听起来像黑社会。"几点劳动？"太正统。最后时间到了，峰哥说："走，搞事了。"

　　砰！我想，我听到了那声巨响。

附录一：

"真实故事计划"

第一届非虚构写作大赛获奖名录

一等奖

《试错》（未收录）

二等奖

《盲·爱》

《形而上学的亲吻》

《禅与汽车维修艺术》

《地雷村：一个人的拆弹部队》

《中国版"飞越疯人院"：密谋十七年的逃亡》

附录二：

探索非虚构文学的价值

雷磊，"真实故事计划"创始人

大家好，我是"真实故事计划"的创始人雷磊。很开心，借助非虚构创作者大会暨第一届非虚构写作大赛的颁奖礼这样一个机会，将各位非虚构写作者、出版人和影视人请到这里。

我是一位非虚构写作者，也曾是一位媒体人，在这里我也看到了此前的一些同业，大家现在分布在不同的行业。近几年有两个大的趋势：一是传统的文学和媒体业在整体衰落；二是这些行业的从业者从行业里离开，一大批拥有良好写作经验的人不再写作。一年多以前，"真实故事计划"就是在这样的环境下产生的。

很多人会好奇，"真实故事计划"为什么要选择非虚构作为创业方向？我们的初衷是想通过一帮媒体人的探索，证明内容本身是有价值的，推广非虚构写作，让我们喜欢的文字不会断绝。而要让人坚持写下去，唯一的方法就是让非虚构内容变得更有价值，这种价值不仅是社会价值，而且是商业价值，就是写作者可以通过写作获得收益和认可。

源于这样的想法，"真实故事计划"走过了近两年的时间。在这里，我跟大家汇报一下我们的一些进展和发现。

通过近两年的发展，"真实故事计划"微信公众号获得150万人关注，全网的订阅用户超过400万。"真实故事计划"是新媒体红利下滑时期，发展起来的极少数新媒体品牌之一。目前，我们是最大的原创文学类项目，在微信文化榜排名前五十。在知乎和豆瓣，我们都是最大的账号之一。

通过这些积累，我们已经成为非虚构文学的第一阵地，同时也是最大的分发渠道之一。我们聚集了一大批高学历基础、热爱非虚构内容的读者，同我们作者的书写形成呼应。一些知名作者，偏文学型的写作，在"真实故事计划"发表就能打破小众，获得"10万+"以上的阅读量，甚至是爆款传播。也有许多普通人来到"真实故事计划"讲述了他们最重要的故事，同样，他们也能够得到足够的注目和尊重，像书写监狱故事的夏龙、花甲之年北漂奋斗的刘峰，都是从"真实故事计划"获得大量读者关注，成为我们的人气作者。

之后，我们会投入更多精力在内容运营上，包括打造有非虚构文学特色的阅读产品，使用影视、音频、图书等不同的媒介形式，让优质的非虚构内容成为更多人的阅读选择。我们的目标和使命就是，推动非虚构文学的大众化，让非虚构能够突破小圈层，真正在大众范围内流行起来。

非虚构内容真正的大众化，除了更多人读之外，就是让更多人来表达。此前人们对于非虚构会有一些苛刻的印象，比如说只有特稿才是非虚构，只有专业作者才能书写。事实上，基于事实素材的写作都可以称之为非虚构。我们认为，相对于专业的写作群体，大众写作才是非虚构内容的未来，拥有无尽的潜力和可能。

随着经济水平和受教育水平的提升，国人自我表达的需求正在快速增长。在"真实故事计划"成立以来，我们合作过的写作者超过30000人，最多的一天，我们收到了超过5000封投稿，我们的电脑都因此宕机。"真实故事计划"核心写作者群体是一些职业人士，警察、医生、教师，平时他们都有自己的本职工作，写作是他们的爱好。

同时我们也看到，个人的表达往往有视角和思域的限制，很多内容会呈现黏稠的同质化，常常都在一个问题里面打转，因为没有人的人生问题是全新的。"真实故事计划"建立了相对强势的编辑部，这个编辑部的工作并非是修修补补，而是提供一些写作的示范，同时介入作者的写作过程，共同去完成一个非虚构作品。这其中的核心是，用更现代的视角，去打量那些一再发生的事实，让个人的生活呈现出不同的意义面貌。

这些工作非常基础，也极其耗费时间，需要大量的智慧和心力才能有所进展。心怀着让"真实故事计划"成为国民写作项目的理想，我的同事们一直在做这样一份工作，并在其中找到了乐趣。

当然，对于整个非虚构文学的推动，实现非虚构内容的价值，并不是仅仅依靠"真实故事计划"20来个人就能做到的。这个过程里需要结合技术因素，也要联合影视、出版等行业的同仁，甚至就是在写作层面，我们也需要得到来自文学界和媒体界更多的关注和支持。这也是我们举办非虚构写作大赛和非虚构创作者大会的一个核心原因，让更多的人参与这样一份事业，并通过不同行业的沟通连接，为非虚构内容找到价值之路。

举办第一届非虚构写作大赛计划出来后，我们很快就获得来自各个方面的积极反馈。作家方方和路内、梁鸿、袁凌以及程耳导演先后应允担任本次大赛的评委，出品《分手合约》《重返20岁》等大热影片的宸铭影业以及中信出版集团也加入我们，与我们共同举办这次大赛。

大赛自年初启动，到2018年3月15日截稿，共收到3726部投稿作品，涉及当下社会方方面面的问题。通过初选入围的作品总计24部，其中大部分作品在"真实故事计划"发布后，仅在公众号就取得了超过10万的阅读量，《形而上学的亲吻》《中国版"飞越疯人院"：密谋十七年的逃亡》更是获得了爆款式的传播，可以说，本次大赛取得相当广泛的传播和影响。

在这里我要感谢我们的评审老师们，特别是湖北省作协主席方方女士，在大赛的评审阶段，她常常看稿到凌晨一两点，并和我们沟通作品的具体情况。方方老师原本以为我们是一群年轻人，或许对文学和人生理解还不够，可在看到作品后，她用"惊艳"一词来形容其中部分作品，说没想到能写到这样的深度。这对于我们来说，是一份巨大的鼓舞。她也勉励"真实故事计划"将大赛继续举办下去，能够挖掘到更多有现实气息、打动人心的作品。

"真实故事计划"还是正在发展中的公司，尚无足够气力举办很大的活动，很多事仅是凭一腔热忱，看到尊敬前辈的鼓励，看到今天有这么多朋友到来，心里底气足了许多。借助这样一个机会，我们这些身处各行各业的非虚构爱好者，能够聚集到一起确认彼此的存在，沟通我们对世界的观察和意见，一同去实践非虚构内容的价值，这本身就是一件美好的事情。

在这里，我再次感谢各位的到来，也提前祝福今天的各位获奖写作者。相信未来会有更多的作家，从非虚构大赛走出来，成为业界的明日之子。希望非虚构写作大赛，能像二十年前的新概念作文大赛一样，将以文字表达自我、记录时代的理念传播给更广大的人群，成为我们这一代人努力逼近生活真相的证明。

谢谢大家。

★本文为雷磊在第一届非虚构创作者大会（2018年4月27日）上的开幕致辞

代后记:

30万个故事背后的扎心真相

雷磊，"真实故事计划"创始人

大家好，我是"真实故事计划"的雷磊。

2015年的父亲节，我工作的杂志社派我去采访几位"富二代"，讲述他们和父亲的故事。作为一个应景的选题，通常来说，这类报道能写的无非一些标签化的故事，类似富爸爸和叛逆儿子的套路。看完，让人发一通有钱真好的感慨。

采访之初，我也得到了一些类似"父亲给儿子两千万，让其与女友分手""'富二代'在会所挥金如土"的材料。但那次采访里，我最大的发现是"富二代"容易得结巴这件事。

在上海，我见到了一位31岁的"富二代"。他相貌堂堂，身上却没有任何媒体呈现的"富二代"的影子，十分低调谦逊。大学时，学校看他作风淳朴，还给他安排了勤工俭学性质的岗位。等他在我面前坐下来，我才发现他的头发白了大约四分之一，当时，他正忙于接手自己父亲的产业，同时筹创一个新项目。

聊天的过程中，他虽然极力控制，但我还是明显感受到了他说话时的结巴。他说小的时候，事业成功的父亲给他一种极大的威严感，这种压迫，使得他无法在父亲面前正常表达自己，以至于形成了结巴。

那次采访，我总共拜访了7位"富二代"，3位有不同程度的结巴症状，其中一人的绰号就叫"小结巴"。他们的共同点，就是成长过程里有一位权威型的父亲，精明、强悍、说一不二，在父亲的阴影里，他们形成了某种缺陷，并在成长过程中饱受折磨。

他们中有的人会从生物学角度去解释自己和父亲的关系：父亲是群落里最凶猛的雄性，会压制群落里其他的雄性，很不幸，也包括自己的儿子。那位白了头发的"富二代"也谈到过他的愿望，他想做得比父亲好一点，这种焦虑一直伴随着他。

那次采访让我认识到，有一个富有的父亲并不全然都是好事。在生活的演绎之下，中国人的内心世界呈现出极为丰富的层次，拥有无限的叙事可能。

源于在媒体行业的这些认识，两年以前，我和伙伴们一起创建了"真实故事计划"，目的就是想抛开片面化、标签化的媒体叙事，让故事的当事人成为讲述主体，表达出他们自己最在乎的故事，并以此深入中国人的内心世界。

对于这个项目，我们提出了一个理想愿景：这会是一个个人和他们在乎的故事，拼凑出的一幅中国人的心灵地图。

"真实故事计划"上线以后，我们差不多每天都能收到400封故事投书，最多的时候，我们一天就收到了5000多个故事。两年下来，我们积累了超过30万个故事，这里的故事不是一两句话那种吐槽，是2000字以上有起承转合的叙事。书写这样篇幅的故事是需要相当的思考和审慎，才能完成的。

借助普通人对于表达自己的热情，"真实故事计划"获得了海量关于中国人日常生活的深入记录，让我们得以窥见中国人内心的一角。

通过关键词检索的方法，我们对这30万个故事文本进行了分析，得到了一些关于这张中国人心灵地图的初步信息。

地图最重要的一项功能是标注位置与范围。

基于故事的地理位置，我们发现这30万个故事中有79%发在家庭这个范围内，即故事核心人物是自己和爸爸妈妈爷爷奶奶。

虽然说，故事的征途是星辰大海，但如此集中的故事位置还是表明，家是中国人内心里不容置疑的中心。事实上，整个东方社会都是以家庭为基础的。

在这一点上，我们的观察结论与是枝裕和导演的电影是一致的，他的每部电影都在讲家里发生的事。

"真实故事计划"早期有一个叫陈燕的盲人钢琴调音师的故事。陈燕因为先天残疾，被自己亲生父母遗弃给一位老太太，这个老太太后来就成了她的姥姥。

姥姥这个人看上去有些狠心，炒菜时安排陈燕去打酱油，让陈燕自己坐车去车多人杂的地安门市场，从不考虑她看不看得见。

等到陈燕长大成才，姥姥也走到人生尽头，那时她才知道，姥姥的狠心是为了让她能够独立生活，在她每次怀揣着恐惧走在陌生的街道上时，姥姥都尾随在她的背后。

在我看来，陈燕的人生是一个有关寻找的故事，对于家的共同想象，让这两个没有血缘关系的人产生了羁绊。

　　被遗弃的陈燕没能成为父母的女儿，却在这个家的形式里，成为姥姥的孙女儿。对东方世界的人来说，我们在家庭中成为儿子女儿、丈夫妻子和父亲母亲，甚至是爷爷奶奶，它决定了我们会成为什么样的人。

　　通过长期观察，我们也发现故事地理范围局限于家庭带来的一些缺憾，比如说亲情叙事一家独大，是大部分中国人最核心的生活体验和心智资源，甚至，严重挤压了其他亲密关系比如爱情和友情的叙事空间。

　　爱情题材的故事差不多只占8%，这其中，我们极少看到那种令人印象深刻的爱情，多数都只是一些片段。

　　特别是在当下，伴随着都市化的快节奏生活，爱情几乎成了一种消费刺激手段，是被撩动的一些时断时续的情绪，是形成欲望的一种原料。我们的爱情变得越来越快餐化，甚至都不足以支撑一个故事。

　　就像去年大热的爱情题材电影《前任3》，人们很难说那是一个爱情故事，只是一些有关爱情的吐槽。

　　友情则比爱情还要边缘化，呈现出的面貌也更加片面，多数友情故事都是古惑仔电影那种亚文化类型的复刻，是一种只会在青春期短暂出现的东西。

　　在这里，我并非说爱情和友情正在消失，而是整体上，这两类情感在中国人内心占据的位置，是远逊于亲情的，大部分人对于这两类情感的体验和理解还停留在浅层状态。

　　以自我为原点，以生活为半径，故事地理位置的单一，使得中国人日常的表达还集中在个人生活领域，社会层面的叙事还比较少。在"真实故事计划"里，已经有部分人开始将自己的故事放入时代背景里去书写，以小见大，但整体上，大部分人仍然缺乏社会生活和公共生活的经验，他们在乎的还是小世界。

分析完故事的地理位置，我们再来看故事的气候、温度。在我们编辑部内部，评判一个故事时会大致去判断这是个让人开心的故事，还是让人感伤的故事，来给故事做标记，搭配着发布出来。有一天，我们的编辑告诉我，如果一定要发开心的故事，项目可能要停一段时间。

应该说，整体上中国人的故事色调偏冷。

在故事中，大部分的中国人都显得不开心，或者说，他们很少表达生活里的欢乐，而更愿意书写一些偏伤感的记忆。

可能中国人本身就偏向悲剧审美，并通过这个角度去建构自我。据我们初步统计，在用户投递给"真实故事计划"的稿件里，有接近七成，是表达自己的伤感或者是不幸。

可奇异的是，这些冷色调的故事却蕴含着充足的力量感。

我记得一个讲述父母下岗的故事，里面写到了姐弟俩帮着父亲拉板车，想给外出务工的父亲打电话却舍不得五角钱的细节。

阅读的过程里，作为读者，对于一个摇摇晃晃却彼此扶持的家庭产生了深刻的共情，一路担心，当很多读者在故事结尾看到作者的身份是在读博士生时，被打动得热泪盈眶。

很难说这些故事是在表达纯然的悲情，或者欢欣，外冷内热，令人念念不忘的是那种百感交集的滋味，这更符合中国人内心的真实体验、对于生活的理解。

因为这样的想法，人们对苦难也有了更加超越的认识。

假如将人生历程，比作一次登山的过程，那么我们还可以分出故事的海拔，在山脚的年轻人，在山腰的中年人，和接近山顶的老年人。并根据高度不同，观察各个年龄层的内心风貌。

处在山脚的年轻人，成长在中国有史以来物质条件最丰裕的环境中。相比前人忙于生存和折腾，他们有更多的能力和资源去关注自身。

我们获得的大量年轻人的故事显示，新一代的年轻人并不叛逆，他们最热衷的事情是认识自我。这其中并不只是对自我价值的肯定，更是一种认知上的探索，希望通过了解自己，去寻找更值得过的生活。

我是谁？我要什么？新一代年轻人对认识自己的热情，使得他们对于自身的成长环境尤为在意，特别是原生家庭环境，几乎是大家都会选择的一个分析框架。

在年轻人网络社区里，充满了很多对于原生家庭的口诛笔伐，像"父母皆祸害"这样的口号也大行其道。但囿于知识储备的不足，和认识工具的匮乏，原生家庭这个理由正在遭遇滥用。

我在"真实故事计划"的投稿里，看到过一个吐槽原生家庭的故事，一个年轻人讲自己高中时想学艺术，但收入微薄的父母不支持，明里暗里驱使他选择了文化课。他觉得父母深深伤害了自己。

网上有很多这样的帖子，被用来论证原生家庭的罪恶。但在我看来，这就是一个滥用原生家庭理论的诡辩。这个故事中，作者只是将自身失意的责任全部推卸给家庭而已，没有任何对父母所处情境的理解，所以，也就不能真正地认识自己。

而进入中年，故事就平静了下来，背负生活重担的人们是很少有机会哭喊的。我们收到的关于中年的故事里，最精彩的部分几乎全部来自女性。

这其中，有兼顾家庭的事业型女性，也有走出家庭放飞自己的母亲，整体上，可以呼应当下涌动的女性意识，女性更加注重独立和自我发展，追求自我的成长。中年男性则十分沉默，他们在生活重压之下，一边油腻一边崩溃。

我想给大家讲一个中年男人的细节，是我们一个作者写的，他在一个县市机关单位工作，有一次几个同事在一起讨论，说到有个认识的人死了，保险给他的妻儿赔付了70万，大家都很羡慕。

看到这个故事莫名有点心酸，很难想象，一群男人在茶余饭后居然那么艳羡地谈论死亡。

等快到山顶，就只剩下老年人的孤独了。"真实故事计划"现在收到的关于老年人的故事越来越多，这个和整个社会正在快速老龄化是对应的。这些故事会涉及老龄化的一些风险，整个社会对老龄化的认识还有待加强。

以故事深入日常生活，"真实故事计划"一直在推动更多的创作和书写，去拓展和弄清这一幅中国人的心灵地图。今年以来，有北大毕业生给我投来了他辞职去修车铺了解修车人生活逻辑的故事，也有讲述大学里一堂哲学课的故事。

我对"真实故事计划"的理解，并不只是这些故事会帮助未来人了解我们所处的这个时代，触及这代人的心灵。故事讲述的时间，是比故事本身更重要的问题，所以，故事最大的意义就在当下，就在我们这些人中间。

通过这些从生命里拿出的故事，我们去探寻发现自我，去认清生活的真相，从真实中汲取勇气，来保持我们对生活的热忱。这会是这幅中国人的心灵地图给我们每个人最关键的提示：活在真实中。

谢谢大家。

★本文为雷磊在"今日头条·海绵演讲"的演讲全文